39kg

다시는 뚱뚱하다고 놀림당하고 싶지 않았는데…….

중학생이 되면서 다시 몸무게가 늘어 가고 있었다.

불안하고 초조한 마음이 들었다.

절대로, 다시 예전으로 돌아가고 싶지 않았다.

말라소녀는 영원한 나의 롤모델이었다.
꼭 저렇게 되고 싶었다.

39kg

선자은

여섯번째봄

차례

말라소녀

"안녕하뗴요! 말란이 여러분! 말라소녀예요!"

말라소녀는 해맑게 웃으며 깡마른 손을 흔들었다. 나도 저절로 휴대폰 화면 쪽으로 손을 흔들었다.

"와, 진짜 말랐다."

말라소녀의 손가락은 관절이 도드라져 보일 정도로 말라 있었다. 반사적으로 내 손가락을 바라봤다. 너무 통통해서 비엔나소시지처럼 보였다.

"오늘은 무슨 날? 다들 아시죠? 기다리고 기다리던 내 방 패션쇼! 저번에 오프라인 쇼핑 영상 보시고 피팅한 모습 보여 달라는 말란이가 엄청 많아떠요! 그래서 제가 다음에 한번 내방 패션쇼를 선보이겠다고 했는데요. 바로 오늘이 그날입니다! 짝짝 짝짝!"

나도 말라소녀를 따라 박수를 쳤다. 지난번 쇼핑 영상에서 마음에 드는 옷이 많이 있어서 말라소녀 언니가 입은 모습을 꼭 보고 싶었다. 특히 검은색 오버핏 반팔 티셔츠는 전부터 나도 사고 싶던 옷이었다.

"맨 처음에, 음……. 이 하얀색 티셔츠 먼저 입어 볼 꼬예요. 잠시만요!"

말라소녀가 90 사이즈 노멀핏 티셔츠를 들고 방에 들어갔다가 나왔다.

"짠! 어때요? 약간 오버핏처럼 헐렁하고 편하게 입을 수 있을 것 같아요."

말라소녀는 청 반바지와 하얀색 티셔츠를 코디했다.

"와, 진짜 예쁘다. 그런데 저게 90 사이즈라고? 진짜 헐렁한데? 아, 내가 입으면 완전 그냥 딱 맞을 거 같아."

난 씁쓸하게 웃었다. 말라소녀가 입은 옷들은 하나같이 헐렁하고 넉넉해 보였다. 당연한 일이었다. 말라소녀는 키가 172cm나 됐지만 몸무게는 39kg밖에 안 됐다. 가장 작은 사이즈를 입어도 넉넉했다.

"마지막으로, 블랙 오버핏 티셔츠 입어 볼게요. 이건 원래 오버핏으로 나온 옷이라 저한테는 좀 클 수도 있을 것 같은데……."

마침내 내가 골라 둔 옷 차례였다. 말라소녀가 입고 나온 티셔츠는 너무 커서 팔은 반 이상을 덮어 7부 길이였고 엉덩이까지 내려와 원피스 같았다. 헐렁한 옷은 말라소녀를 더 마르고 귀여워 보이게 만들었다.

"와, 진짜 엄청 대박 예뻐!"

나는 당장 쇼핑몰 사이트로 들어가서 그 옷을 샀다. 용돈 모은 걸 다 써야 했지만 망설일 이유가 없었다. 품절되기 전에 사야 했다. 말라소녀 영상이 올라오고 한 시간도 안 되어서 품절되는 경우가 많았다.

"아, 언니. 진짜 너무 좋아. 패션 센스도 최고고."

나는 화면에 입술을 대고 말라소녀 얼굴에 뽀뽀를 '쪽' 했다. 정말 보기만 해도 좋았다. 나의 워너비, 꼭 말라소녀처럼 되고 싶었다. 어느새 말라소녀는 끝인사를 했다.

"그럼 우리 말란이 여러분! 오늘도 알쥐? 내가 할 세 가지 말! 구독! 좋아요! 그리고오오오오 잔뜩 조여! 안녕!"

"잔뜩 조여!"

나는 말라소녀 말을 따라 하며 오른손을 위로 쭉 뻗었다. 내 꿈은 허리 21인치였다. 잔뜩 조여서 먹지 않으려고 했지만, 번번이 식욕을 참지 못해 실패해 왔다. 나는 164cm에 56kg. 말라소녀보다 키는 훨씬 작은데, 몸무게는 17kg이나 더 나갔다. 정말 한심했다.

"으악, 살."

나는 허벅지를 집게와 엄지손가락으로 꼬집듯 잡아 봤다. 도톰한 살덩이가 잡혔다. 참을 수 없었다. 이런 쓸데없는 살덩이가 도대체 왜 내 몸에서 잡힌단 말인가. 말라소녀 채널을 보다가 거울을 보면 내가 평소보다 더 뚱뚱하고 둔하게만 느껴진다. 혐오스럽고 절망적이다.

말라소녀는 열여섯 살. 본명은 최사라. 나보다 한 살 많은 고등학생이다. 좁은 어깨와 깡마르고 긴 팔다리, 살이라고는 없는 몸에 크고 튀어나온 동그란 눈. 말라서 옷맵시도 예쁘고 키가 큰데도 귀엽게 생겨서 영상 속에서 혀 짧은 소리를 내도 하나도 이질적이지 않았다.

"진짜 부럽다. 나의 워너비!"

말라소녀는 영원한 나의 롤모델이었다. 꼭 저렇게 되고 싶었다. 다들 나와 비슷한 생각인지 말라소녀 채널은 구독자가 300만 명도 넘었다. 대부분 내 또래였다. 말라소녀의 인기는 점점 드높아져서 패션모델로도 활동했다. 말라소녀가 한 번이라도 입었던 옷은 언제나 금세 품절. 특히 초등 고학년부터 중학생 여자애들에게 인기가 좋았다. 곧 대형 기획사 아이돌로 데뷔할 거라는 소문도 돌았다.

"얼마나 행복할까? 나도 닮고 싶어!"

거울을 보며 방송 속 말라소녀처럼 머리를 돌돌 말아 올려 일명 똥머리를 해 보았다. 말라소녀는 그 머리를 하니 얼굴이 더 작아 보였는데, 내가 하니 웬 달덩이가 떠 있는 것 같았다.

"아유!"

나는 당장 머리를 풀어 버렸다.

"왜 그렇게 기운이 없냐?"

등굣길, 준우는 나를 발견하고 가방을 잡아당겼다. 박준우는 나와 유치원 때부터 쭉 친하게 지내는 남자애였다. 일명 남. 사. 친. 남자 사람 친구이다. 다른 애들은 둘이 사귀는 거 아니냐고 놀리기도 하지만, 우리는 서로를 이성으로 생각하지 않았다. 준우는 여느 여자애들보다 죽이 척

척 잘 맞는 진짜 친구다. 그리고 내 편. 언제나 내 편이었다. 뚱솜이던 유치원 시절에도 나를 돼지라고 놀리던 애들과 맞서 싸워 준 유일한 내 편.

"아침 안 먹어서 기운이 없나 봐."

나는 힘없이 대답했다.

"왜? 너 원래 아침 꼭 먹잖아."

"다이어트 시작했거든."

"웩. 다이어트? 그걸 네가 왜 해?"

준우가 토하는 시늉을 하며 히죽거렸다. 하, 이런 말을 들으면 기분이 좋아야 하는데, 나는 한숨부터 나왔다. 준우는 내가 너무 말랐다고 했지만, 그건 준우가 보는 눈이 없어서 하는 말이다.

"예솜이가 뭐가 뚱뚱해?"

준우가 처음 그렇게 말할 땐 그저 위로로 생각하고 고맙게 여겼다. 그런데 준우는 초고도비만 정도는 되어야 뚱뚱하다고 여길 정도로 기준이 관대했던 것이다. 덕분에 난 평생 친구를 얻었지만.

"이거 봐. 이 흔들리는 허벅지 살을!"

나는 치마를 살짝 올리고 허벅지를 흔들어 살이 출렁거

리는 걸 준우에게 보여 주었다. 준우는 자기도 다리를 흔들며 개다리춤을 췄다.

"갑자기 왜 춤을 춰? 나는 이렇게나 진지한데."

"그냥 춤이나 춰. 네가 다이어트를 하면 난 도대체 누구와 매운 떡볶이를 먹냐?"

준우와 나는 둘 다 매운 걸 좋아했다. 매운 음식 맛집을 찾아가서 대결도 하고, 더 맵게 만드는 레시피를 찾아서 같이 만들 정도였다. 다이어트 때문에 떡볶이를 먹을 수 없다는 건 애석한 일이었다. 다른 음식은 다 참을 수 있었지만, 매콤달콤한 떡볶이를 포기하기란 쉬운 일이 아니었다.

꿀꺽. 상상만으로도 군침이 넘어갔다.

"거봐, 떡볶이를 배신하지 마!"

"야, 떡볶이 이야기를 왜 꺼내 가지고! 너 때문에 내가 떡볶이를 많이 먹어서 뚱뚱해진 거야!"

나는 준우를 노려보며 살짝 밀었다. 준우는 입을 떡 벌리고 어깨를 으쓱하며 어이없다는 시늉을 했다.

"너 안 뚱뚱하거든."

준우 말이 하나도 위로가 안 됐다. 준우는 뚱뚱함의 기준이 다른 것만큼 많은 것의 기준이 달랐다. 엄청 멋있는 옷이라고 입고 나타났지만, 진짜 너무너무 별로인 경우가 많았다.

“참, 나 저번에 마음에 든다고 했던 옷. 결국 샀다!”

“왜 갑자기? 그거 비싸다고 안 산다며?”

“말소 님이 피팅한 거 봤는데, 엄청나게 예뻐!”

“또 말소? 웩”

준우가 또 토하는 시늉을 했다. 준우는 이상하게 말라소녀를 싫어했다. 너무 말라서 해골 같다고 했다. 역시나 준우의 기준은 달랐다. 아니면 좋아하는 게 부끄러워서 싫어하는 척하는 걸까.

“거짓말.”

나는 준우를 테스트하기 위해 눈을 가늘게 떴다.

“뭐가 갑자기 거짓말이야?”

“너도 말소 님이 예쁘다고 생각하잖아. 그냥 싫어하는 척하는 거지?”

“에? 진짜 별론데. 너무 말라서.”

준우는 펄펄 뛰었다. 진심인 것 같았다. 하지만 사람들은 대부분 뚱뚱한 사람을 싫어하는 게 분명했다. 안 그러면 왜 미디어에 비치는 유명인은 다 깡말랐겠는가. 내 키 정도면 39kg은 되어야 말랐다고 느낄 것이다.

"어쨌든 오늘 급식도 아주 조금만 받아서 먹으려고. 저녁은 굶을 거야."

"야, 그건 너무한 거 아니냐? 떡볶이도 그렇고, 다른 학교에까지 맛있기로 소문난 우리 학교 급식까지 배신하겠다고?"

준우가 정색했고 나는 움찔했다. 그러나 이내 준우는 히죽 웃었다.

"오늘 왕돈가스에 디저트로 아이스크림도 나오거든! 네가 그걸 조금만 받아서 먹는다면 넌 인간도 아니야!"

한숨이 나왔다. 정말 내가 얼마나 심각한지 이 자식은 모른다. 내 친구들은 준우가 제법 귀엽게 생겼다고 관심을 보이기도 하지만, 박준우의 실체를 모르고 하는 소리였다.

"와, 대박!"

하지만 준우의 어린애 같은 예언은 현실이 되었다. 급식실에 도착한 순간, 나는 입을 다물 수가 없었다. 그 어느 때보다 바삭바삭해 보이는 돈가스 튀김옷이 나를 유혹했다. 한입 깨어 물면 경쾌하게 아삭하는 소리가 날 것같이

삐죽삐죽 솟아 있는 빵가루 튀김 입자. 게다가 디저트 아이스크림은 놀랍게도 내가 좋아하는 민트맛과 초코맛 중에 선택하는 거였다. 더 놀라운 사실은 반반도 된다는 것. 우리 학교 영양사님 센스는 정말 남달랐다.

"다이어트는 내일부터야. 그렇지?"

단짝 친구 지수에게 동의를 구했다. 지수는 퉁명스러운 목소리로 말했다.

"내일은 미역국에 불고기래."

"흠. 왜?"

"매달 1일은 늘 생일의 날이잖아."

"아, 생일의 날! 깜빡했다!"

매달 1일은 그달 생일자들을 위한 특별한 생일 메뉴가 나온다는 것을 잊고 있었다. 나는 돈가스만큼이나 불고기도 좋아했다. 지수가 무슨 뜻으로 한 말인지 알았지만, 못 알아들은 척하고 식판을 가지러 갔다. 양껏 받은 돈가스와 반반 아이스크림은 정말 꿀맛이었다.

"너 지금 속으로 날 비난하고 있지?"

배가 불러 오자 문득 지수가 나를 어떻게 생각할지 걱정됐다. 두 시간 전, 요란하게 다이어트를 선언해 놓고 금방

뒤집어 버린 내가 한없이 가벼워 보일 터였다. 지수는 누가 봐도 날씬했다. 키는 나보다 큰데 훨씬 말랐다. 내가 정확한 몸무게를 물어봐도 알려 주진 않았지만 아무리 넉넉하게 생각해 봐도 47kg밖에 안 되어 보였다.

"내가 왜 널 비난하겠어. 맛있는 걸 먹고 싶어 하는 건 인간의 기본적인 욕구잖아."

지수는 가볍게 말했다.

"넌 살이 안 찌는 체질이니까 절대로 내 마음을 몰라. 난 좀만 많이 먹으면 바로 0.5kg이 늘어나 버린다고."

나는 지수에게 하소연했지만, 지수는 정말 이해가 안 된다는 표정이었다.

"그렇게 금방 찌면 금방 또 빠지지 않아?"

"야, 말이 쉽지. 아니야. 다 누적, 적립되는 시스템이라고."

지수는 정말 뭘 몰랐다. 더는 젖살이라고 우길 수 없는 아랫배와 흔들리는 볼살. 맛있는 음식을 야금야금 먹다 보니 어느새 살이 이만큼이나 붙어 버렸다.

"가자."

지수가 앞장서서 계단을 올라갔다. 가늘고 예쁜 다리만 눈에 들어왔다. 부럽다는 마음 반, 시기와 질투 반. 내 마음은 정확히 그랬다. 올해 처음 교실에서 지수를 봤을 때, 안경을 쓴 데다가 딱히 꾸미지 않았는데도 눈에 확 띄었다. 키가 크고 말랐기 때문이다. 마침 가까운 자리에 앉게 되어서 친해졌는데, 알고 보니 지수는 공부도 우리 반에서 가장 잘했다. 그래서 난 가끔 지수를 완벽한 그녀라고 불렀다. 안경 벗고 화장하면 얼굴도 예쁜 편에 속했다. 그런데 날씬하기까지 하니 정말 완벽한 것이다.

곧장 내 다리를 내려다봤다. 토실토실 살이 올라 있었다.

"어휴, 내일부터는 진짜 다이어트할 거야. 불고기도 안 먹어."

"그래. 알았어. 알았다고."

지수는 내 어깨를 토닥토닥 두드려 주었다. 격려를 받는데도 이상하게 기분이 가라앉고 슬퍼졌다. 왜 나만 치열하게 다이어트하고, 살이 찔까 봐 전전긍긍해야 하는 걸까.

내일은 꼭 멋지게 다이어트 시작을 알리고 싶다. 그것은 말라소녀에 대한 예의기도 했다. 열혈 구독자답게 말라소녀처럼 되는 것이 내 꿈이자 목표다.

프로아나 커뮤니티

말라말라.

내가 가입한 프로아나 커뮤니티이다. Pro는 지지한다는 의미를, Anorexia는 거식증이라는 뜻을 가졌다. 커뮤니티에서 활발하게 활동하지는 않았지만, 이제부터 다이어트 의지를 불태우기 위해 제대로 해 볼 생각이었다. 학원에 다녀오면 나는 늘 말라소녀 유튜브를 보거나 커뮤니티에 올라온 글을 읽곤 했다. 나처럼 마르고 싶은 아이들이 잔뜩 있는 곳. 우리는 같은 곳을 향해 가고 있는 동지였다.

말라말라는 가입한다고 해서 곧바로 게시된 글을 마음껏 읽을 수 있는 곳이 아니었다. 일정 조건을 충족해야만

등급이 높아졌고, 그제야 읽기가 가능해진다. 개인적인 비밀이 있는 게시물이 많은 데다가 장난삼아 들어오는 회원을 방지하기 위해서였다.

일단 운영진만 볼 수 있는 게시판에 키와 몸무게, 허리둘레, 체중계를 찍은 인증 사진을 올리는 등 노력이 필요했다. 그러고 나면 신규 회원 게시판에 글쓰기 권한이 생기는데, 왜 마르고 싶은지 진심 어린 게시물을 올려 기존 회원들의 호응 댓글을 열 개 이상 받아야 했다.

마지막으로 자신의 다이어트 노하우 하나를 공개하는 것으로 승급 조건은 충족된다. 가장 어려운 관문이었다. 내가 아는 다이어트 법은 이곳 회원들도 다 알만한 유명한 방법뿐이었다. 물론 남들이 알고 있는 방법을 게시물로 올려도 됐지만 이왕이면 댓글이 많이 달릴 만큼 새롭고 기발한 방법을 올리고 싶었다. 그게 실제로 살이 빠지든 안 빠지든 새로운 방법이 올라오면 모두 읽어 보게 마련이었다. 이미 노하우 게시판에는 다양한 방법들이 올라와 있었다.

나는 결국 말라소녀 유튜브에서 본 방법을 올렸다. 말라소녀에 나왔다는 것은 즉, 이미 널리 퍼졌다는 뜻이었다. 어차피 다들 아는 방법밖에 모르니 아예 유명한 방법을 올리고 진심을 담아서 글을 쓰기로 했다.

저의 노하우! – 쏨쏨

제가 가장 좋아하는 워너비, 말라소녀 님의 노하우 한번 올려 봐요.

물론 여기 계신 분들도 모두 이거 한 번씩 해 보셨죠?

게맛살 하나로 하루 버티기!

이거 사실 맛있잖아요.

그런데 의외로 칼로리가 높지 않다더라고요.

물론 하나만 먹었을 때 이야기고요.

그래? 높지 않아? 하면서 마구마구 많이 드시면 당연히 살쪄요.

진짜 종일 물만 먹고 굶으면서

게맛살 한 개만 먹으며 버티는 거예요.

저는 이거 결대로 쓱 벗겨 내듯 분리해서 한 가닥씩 먹었어요.

가뭄에 단비 같달까.

아무것도 못 먹는데 이거 먹으면 진짜 맛있는데. 감동. 진짜 감동.

흠.

모두 아는 이야기 또 한 것 같지만요.

어쨌든 제가 해 본 방법 중 제일 괜찮았던 거 하나 올려 봐요.

다행히 댓글 반응이 좀 있었다. 다들 한 번쯤 해 본 방법인 만큼 공감하는 사람도 많았다. 하나만 먹으려고 했는데, 참지 못하고 한 세트를 다 먹어 버렸다는 이야기, 게맛살을 먹으니 김밥이 먹고 싶어져서 김밥 사 먹고 오히려 다이어트를 망친 이야기, 이 방법으로 살을 빼서 신나는 마음에 며칠 연속으로 했다가 게맛살에 완전히 질려 버렸다는 이야기 등등. 공감과 응원이 넘치는 댓글이 많이 달렸다.

그날부터 나는 말라말라에서 많은 위로를 받았다. 아무리 지수가 다이어트를 응원해 준다고 해도 여기에서 받는 응원에 비할 바가 아니었다. 이곳에서는 모두 같은 처지였고, 같은 목표를 향해 나아갔다. 좋은 경쟁을 하면서. 지수는 내가 왜 다이어트를 하려는지 진짜 이유를 알지 못했지만, 여기 사람들은 다 같았다. 뼈가 보이도록 마르는 것에 대한 염원. 그 미학을 제대로 알고 있는 사람들이었다.

"어? 이거 왜 이렇게 조회 수 높지? 댓글도 엄청나네."

말라말라에 올라온 새 글들을 읽다가 유독 조회 수와 댓글이 많은 글을 발견했다.

죽고 싶어요 – 뚱담

"제목부터 자극적이네? 내용은 없는 거 아냐?"

제목으로 흥미를 끄는 낚시 글일 수도 있었다. 그런데 그렇다고 보기에는 댓글도 많았다. 그리고 무엇보다 내 과거 별명 뚱솜과 비슷한 뚱담이라는 닉네임에 클릭할 수밖에 없었다.

여기라면 제 고민 공감하고 들어 주실 것 같아서요.

저 진짜 안 해 본 거 없거든요?

사흘 동안 물만 마신 적도 있어요.

배고픔도 힘들지만, 엄마 모르게 안 먹는 일이 얼마나 힘들었는지.

부모님은 제가 어릴 때부터 뭐 먹고 싶다고 말만 하면 다 사 줬어요.

잘 먹는 게 보기 좋다고요.

그런 부모님이 너무 원망스러워요. 체중 조절 좀 해 주면서 키우지.

이제 중학생이 되어서 조금만 먹어도 살찌고 빼기도 어렵다고요.

커뮤니티 사람들, 다들 50kg 넘는다고 뚱뚱하다며 살 빼잖아요.

제 몸무게 알면 기절하실걸요.

저는 진짜 누가 봐도 뚱뚱해요.

먹방 프로그램에 나오는 뚱뚱한 개그맨 닮았다는 말도 들었어요.

심지어 남자를요!

며칠 굶고 나니까 겨우 1kg 빠지더라고요.

그러고 나서 다시 조금씩 먹었는데, 왜 2kg이 찌는 건데요?

진짜 절망스러워요.

엄마한테 부탁해도

식욕 억제제 같은 건 몸에 안 좋다고 약도 못 먹게 하고.

아무리 해도 저, 뚱뚱하게 살 거 같으니까 그냥 이대로 죽으려고요.

한 번도 날씬해 본 적이 없는 건 억울하지만,

이번 생은 망쳤으니, 아예 다시, 예쁘게 태어나고 싶어요.

모두 그동안 고민 들어 주시고, 위로해 줘서 고마워요.

안녕. 다들 행복하세요.

"이거 뭐야. 자살하겠다는 건가?"

놀라서 서둘러 댓글부터 읽어 봤다. 억측이길 바라면서.

– 그러지 마세요.

– 진짜, 설마 죽겠단 소리는 아니죠?

– 다시 태어나도 뚱뚱하면 어쩌려고요?

– 이거 장난이죠?

– 제발 댓글 좀 달아 주세요. 어디 죽으러 가신 건 아니죠?

– 헐, 이거 진짜 아님? 신고해야 하는 거 아님?

"으악, 이거 진짠가 보네. 사람들이 신고했나?"

나는 서둘러 뚱담 님에게 채팅을 걸었다.

쏨쏨: 뚱뚱하다고 죽는 건 정말 말도 안 돼요. 그러지 마세요.

급한 마음에 말을 걸어 봤지만, 대답을 기대한 건 아니었다. 그런데 예상외로 금세 답이 왔다.

뚱담: 저는 진짜 뚱뚱하다고요. 제 마음, 쏨쏨 님은 모를 거예요.

진짜 죽을 기세였다. 마음이 초조해졌다. 어떻게 해서든 말려야 했다.

쏨쏨: 저도 뚱뚱해요. 한때는 좌절해서 콱 죽어 버릴까, 했던 적도 있어요. 그런데 마음을 고쳐먹고 다시 잘 살아 보려고 노력하고 있어요.

뚱담: 정말요? 뚱뚱해 봤자 50kg대인 거 아니에요?

내 몸무게는 56kg. 찔리긴 했지만, 일단 사람을 살리는 게 우선이었다.

쏨쏨: 아니요. 저 100kg 가까이 돼요.

일단 질러 놨지만, 몸무게를 두 배 가까이 불린 건 좀 심했나 싶었다. 하지만 뚱담 님 반응은 다행히 괜찮았다.

뚱담: 정말요? 저는 88kg이에요. 일주일 전에 재고 일부러 안 재고 있긴 하지만.

쏨쏨: 88이면 나쁘지 않아요. 이미 잘 아시겠지만, 식단이랑 운동으로 충분히 뺄 수 있다고요.

뚱담: 정말 그럴까요?

쏨쏨: 연예인들 보면 갑자기 살 쫙 빼서 나타나기도 하잖아요. 물론 그 사람들은 업체에서 협찬받아서 하는 거지만, 뭐 우리도 돈 모아서 업체 이용해 볼 수도 있고요.

뚱담: 그렇긴 하죠. 돈 모아서.

쏨쏨: 죽을 용기로 우리 돈 모아 볼까요? 다이어트 저축?

뚱담: 다이어트 저축이라니. 그런 생각은 한 번도 못 해 봤어요.

쏨쏨: 이런저런 시도는 다 해 봐야 억울하지 않죠. 저는 억울해서 못 죽어욧!

뚱담: 다른 분들도 제 글에 댓글은 달아 줬지만, 이렇게 채팅 건 사람은 쏨쏨 님 밖에 없어요. 참 따뜻하고 좋은 분 같아요. 고마워요.

고맙다는 말을 듣자, 거짓말한 보람이 느껴졌다. 누군가에게 고맙다는 말을 들은 게 얼마 만인가 싶었다.

뚱담: 저기…… 괜찮으시면 앞으로도 가끔 저랑 대화 나눠 주시면 안 될까요?

뚱담의 말에 뒤늦게 죄책감이 들었다. 지금 잠깐 거짓말을 하는 것과 앞으로 쭉 거짓말을 유지하는 것은 다른 문제다. 하지만 곤란하다고 거절하는 것도 좀 이상해 보였다. 잠시 고민하던 나는 그냥 받아 주기로 했다. 뚱담이 외롭지 않다면, 죽을 마음을 먹지도 않을 것 같아서였다.

쏨쏨: 좋아요. 톡 아이디 알려 줄게요. 종종 연락해요.

어차피 실제로 만나는 것도 아니고 온라인으로 나누는 대화 정도는 괜찮을 거다. 혹시나 만나자고 하면 그때 적당한 핑계를 대어 거절하면 됐다.

뚱담: 아, 그런데 몇 살이에요? 저 사실 중학생이에요. 열다섯 살.

오. 나랑 동갑이었다.

쏨쏨: 우아! 나도 열다섯 살이야! 우리 친구였네.

뚱담: 대박. 우리 진짜 인연인가 봐. 조금 전까지 엄청 우울했는데, 네 덕분에 기분 엄청 좋아졌어.

쏨쏨: 나도. 우리 정말 잘 맞는 거 같다. 다시는 나쁜 생각하지 마!

충동적으로 채팅을 건 일로 갑자기 친구를 사귀게 되었다. 게다가 내가 한 사람을 구했다고 생각하니까 대단하게 느껴졌다.

뚱담: 정말 고마워.

나에게 고마워하는 사람이 생기다니. 그래, 좋은 게 좋은 거랬다. 비록 내가 거짓말을 했지만, 사람 목숨보다 귀한 건 없으니까. 기분이 좋아져서 말라말라 커뮤니티에서 오랫동안 인기가 높은 글들을 다시 찬찬히 읽어 봤다. 다양한 노하우와 경험담이 빼곡했다.

"키빼몸 126? 와 완전 뼈말라! 부럽다!"

나는 얼른 키빼몸, 키에서 몸무게를 뺀 지수를 계산해 봤다. 108.

"난 120만 되도 날아갈 텐데. 개말라만 되어도 그게 어디야."

120은 개말라로 분류됐다. 하지만 내 키가 164cm이니 120이 되려면 44kg은 되어야 했다. 현재는 56kg. 12kg이나 감량해야 한다.

"아, 돈가스! 먹지 말걸!"

침대에 누워서 오늘 급식으로 돈가스와 아이스크림 먹은 일을 후회했다. 꼭 이런 식이었다. 먹고 후회하고. 나 자신이 식탐만 많은 돼지 같아서 혐오스럽기까지 했다. 모델 사진을 검색하니, 깡마르고 키만 큰 모델들이 주르륵 나왔다. 심지어 요즘에는 아이돌도 다 모델만큼이나 깡말랐다. 크롭 티셔츠를 입으면 뱃살 하나 없는 것은 당연하고 갈비뼈가 튀어나와 보이는 것은 기본이었다. 뼈의 선 하나하나 아름다운 곡선을 그렸다. 특히 아름다운 것은 도드라지는 등뼈와 양쪽으로 툭 튀어나온 날개뼈였다. 그건 마치 천사의 날개처럼 보였다. 살아 있는 천사.

"내가 진짜 기필코 12kg 빼고 만다!"

전의를 다졌지만, 내일 급식 메뉴를 떠올리니 한숨이 나왔다. 하필 좋아하는 불고기라니 기운이 좀 빠졌다.

먹토

“뚱솜이다! 도망가!”

유치원 놀이 시간에 내가 다가가면 남자애들은 사방으로 흩어졌다. 다른 애들보다 덩치도 크고 통통한 내가 약한 여자애들을 지켜 줬기 때문이다. 도망간 남자애들이 구석에 가서 속닥거리더니 갑자기 나를 놀리기 시작했다. 힘으로는 못 이기니까 입으로 괴롭히는 거였다.

“뚱솜은 뚱뚱하고 못생겼다!”

“맞아. 돼지. 꿀꿀, 돼지!”

덩치가 크다고 해서 마음까지 다 큰 아이는 아니었다. 결국 나는 울음을 터뜨렸다. 우는 게 창피했지만, 자꾸 나오는 눈물을 멈출 수 없었다. 남자애들은 좀 당황했지만, 누구도 사과하지 않았다. 그때, 갑자기 준우가 나타났다.

"야! 예솜이가 뭐가 뚱뚱해?"

"…… 뚱뚱한데."

한 남자애가 대꾸하자 준우가 그 애를 매섭게 노려봤다. 늘 웃는 얼굴인 준우가 그러는 건 처음 봤다.

"하나도 안 뚱뚱한데?"

"그, 그래?"

그 남자애는 평소와 다른 준우에게 겁을 먹었다. 준우가 위협하진 않았지만 내가 보기에도 무서워 보였다. 헤헤 웃기만 하던 애가 갑자기 정색하니까.

"예솜이 놀리지 마."

목소리를 낮게 깔고 그렇게 말하는 유치원생은 일평생 처음 봤다. 나는 든든한 내 편이 생긴 것 같아서 눈물을 뚝 그치고 준우에게 찰싹 붙었다.

"이제 우리는 단짝이야. 알았지?"

"우리가? 왜? 우리 안 친하잖아."

준우는 깜짝 놀랐다. 유치원 같은 반 아이일 뿐 그다지 친하지 않은 건 사실이었다.

"그럼 왜 내 편 들어줬어?"

"정말 안 뚱뚱한데 놀리니까."

"아, 그랬구나."

정색하던 준우 얼굴이 떠올랐다. 어쨌든 그렇게 우리는 친해졌다. 같은 아파트에 살아서 초등학교와 중학교도 같은 학교에 배정되었다. 일부러 약속하지 않아도 학교에서, 아파트 단지 내에서 마주치는 일이 많았다. 그러다 보니 같이 놀고, 떡볶이를 먹으러 가고, 배드민턴을 치는 지금에 이르렀다. 우리는 그런 편한 사이가 되었다.

하지만 어린 시절의 상처는 쉽게 아물지 않았다. 다행히 초등학교에 들어가고 키가 크면서 살이 빠졌지만, 중학생이 되고 키가 다 컸는지 다시 몸무게가 늘어 가고 있었다. 불안하고 초조한 마음이 들었다. 절대로, 다시 예전으로 돌아가고 싶지 않다. 다시는 뚱뚱하다고 놀림당하고 싶지 않다.

"딸은 엄마 닮는다던데."

"예솜이도 미리 관리 좀 해야겠다."

사람들은 나에게 이렇게 말하며 경각심을 부추겼다. 우

리 엄마가 뚱뚱하다는 이유였다. 이런 말을 들을 때마다 엄마 얼굴에는 미안함이 가득 찼다. 원망스러운 마음이 없다면 거짓말일 것이다. 지수처럼 많이 먹어도 안 찌는 체질도 있는데, 비만 유전자를 가지고 있다는 것은 저주받은 것이나 다름없었다.

체중이 슬금슬금 늘어나기 시작하더니 어느새 56kg을 찍고 말았다. 내가 정한 마지노선을 넘자, 내 몸이 흉물스럽게 느껴졌다.

나 오늘부터 본격적으로 다이어트 시작하기로 했어. 쏨쏨

나는 뚱담에게 먼저 선언했다. 그날 이후 우리는 시간 날 때마다 사소한 대화를 주고받았다. 어제는 뭘 먹었다느니, 과자를 먹고 싶었지만 참았다느니…….

뚱담 그럼 굶는 거야? 난 네가 무엇을 하든 응원하지만.

아침, 저녁은 굶을 건데, 문제는 평일 점심 급식이야ㅠㅠ 쏨쏨

뚱담 급식 안 먹으면 다이어트한다고 놀리고, 먹으면 뚱뚱한데 먹는다고 놀리고.

맞아. 대공감. 쏨쏨

뚱담에게는 차마 말할 수 없었지만, 내 목표는 개말라였다. 키빼몸 120. 그보다 더 말랐으면 뼈말라였지만, 뼈말라까지는 바라지도 않았다. 지금은 개말라 범주에만 들어도 기쁠 것이었다. 그러나 키가 164cm인 내가 120이 되려면 12kg이나 감량해야 한다. 12kg은 어마어마한 양이다. 삼겹살로 치면 20근이었다. 그러면 아침, 저녁 겨우 두 끼 굶는 걸로는 어림없었다. 급식 먹는 것도 관리해야 겨우 가능할까 싶은 양이다.

– 씹뱉이 그래도 가장 괜찮아요. 추천.

말라말라 커뮤니티에서 본 댓글이 자꾸 떠올랐다. 씹고 뱉기. 씹뱉은 음식을 씹고 나서 곧바로 뱉어야 해서 급식을 먹을 때는 적합하지 않았다. 휴지에 계속 뱉으면 주변 아이

들이 다 눈치챌 것이다. 말이 도는 건 싫었다.

갑자기 눈앞에 식단표가 팔랑거렸다. 준우였다.

"대박. 오늘 불고기, 미역국. 오늘 누구 생일인가 봐."

"모르냐. 한 달에 한 번씩 생일의 날인 거?"

"그런가?"

준우가 머리를 긁적거렸다. 날마다 준우에게 핀잔을 주고 구박하는 일이 일상이었다. 그러나 오늘은 그럴 기운이 없었다. 불고기를 먹을 것인가 말 것인가를 생각하는 것만으로도 머릿속이 꽉 차서 과부하가 걸릴 지경이었다.

– 저는 먹토 애용해요.

다른 사람이 올린 댓글도 떠올랐다. 나도 사실 다 아는 방법이었다. 실천해 본 적은 없지만. 역시 급식에는 씹뱉보다는 먹토가 낫겠지? 다 먹고 화장실에 간다고 해서 이상하게 생각할 아이는 없을 테니까.

"급식 까짓것!"

급식실로 내려가면서 지수 팔짱을 꼈다.

"뭐야? 획기적인 다이어트약이라도 나왔나?"

지수가 놀라 물었다. 맞닿은 지수 팔에서 뼈가 느껴졌다. 정말 말랐구나 싶어서 부럽고 속상했다.

"아, 아니 이제 다이어트 너무 집착하지 않으려고."

억지로 씩 웃자, 지수는 더 묻지 않았다. 내가 하려는 걸 차마 말할 수 없었다. 지수는 내가 먹고 토하면서까지 다이어트한다는 걸 알게 된들, 절대 이해 못 할 것이다. 먹고 싶은 것을 다 먹으면서 말랐다는 것은 축복이었다. 그런 지수가 식탐 많고 마르고 싶은 자의 마음을 알 리 없다.

나는 보란 듯이 불고기를 먹음직스럽게 먹었다. 일부러 많이 먹지는 않았지만, 다이어트를 하지 않는다는 것을 보여 줄 만큼은 먹었다. 미역국에 밥을 말아서 불고기와 깍두기까지 얹어서 먹는 나를 보면서 지수는 의아한 얼굴을 했다.

지수는 생각보다 나를 더 잘 알았다. 전혀 믿지 않는 기색이 역력했다. 나는 의심 섞인 시선을 애써 외면하고 깔끔하게 다 먹은 식판을 반납했다. 어차피 결심하고 나니까 모처럼 먹는 데 죄책감이 없었다. 얼떨결에 하게 된 거지만 먹토는 꽤 편리한 시스템 같았다. 한 번도 안 해 봐서 잘할 수 있을지 겁이 난다는 것만 빼고.

“진짜 잘 먹더라. 그렇게 먹는 걸 좋아하면서 어떻게 다이어트를 한다고.”

지수가 안쓰럽다는 표정을 지었다. 나는 머릿속에 어떻게 토할지에 대한 생각뿐이라서 그 감정이 와닿지 않았다.

“나 화장실 좀 갔다가 갈게. 먼저 가.”

지수를 먼저 교실로 들여보냈다. 지수는 잠깐 멈칫했지만, 이내 교실로 혼자 들어갔다. 일부러 과학실 옆에 있는 애들이 잘 안 가는 화장실로 갔다. 귀신 소문이 있어서 애들이 얼씬도 안 하는 곳이었다. 혹시 몰라 맨 마지막 칸으로 가서 문을 잠그고 잠시 기다렸다. 누군가 들어오면 일을 그르치기 때문이다.

방법은 쉬웠다. 시도해 본 적은 없었지만, 다른 사람들 후기를 수없이 많이 읽어서 알고 있었다. 이론적으로 안다는 것과 실천은 다르지만.

손가락을 목구멍에 넣어 자극한다. 몸을 확 숙이고, 배를 눌러 주는 것도 도움이 된다. 음식을 먹을 때 중간중간 물을 마셔 준다.

조심스럽게 손가락을 입 안에 넣어 보았다.

“윽.”

손가락에서 짠맛이 났다. 서둘러 세면대로 가 손을 깨끗이 씻었다. 아까 먹은 음식들이 생각났다. 먹토만 믿고 마음껏 즐기고 먹어 치운 음식들. 그게 지금 몸속에 있다. 더 늦으면 흡수되어 살이 될 것이다.

굳게 결심하고 손가락을 입 안에 쑥 밀어 넣었다. 목구멍 어딘가에 닿은 손끝이 느껴지자, 구토가 일었다.

"웩."

방금 먹은 것들이 쏟아져 나왔다. 역겨운 냄새가 났지만, 조금 전 먹은 살덩어리가 될 뻔한 음식들이 고스란히 빠져나갔다는 점에서 어떤 희열까지 느껴졌다. 속이 시원했다.

"이렇게나 많다고?"

처음이니까 토사물을 확인해 보았다. 생각보다 양이 많았다. 저게 다 몸에 쌓였을 거였다고 생각하니 끔찍했다. 역시 하길 잘했다고 생각하며 물을 내렸다. 시원하게 내려가는 모습을 보니까 좋았다. 다만 목이 좀 아프고 속이 안 좋았다. 입 안도 더럽게 느껴져서 빨리 양치를 하고 싶어졌다.

"휴."

모든 절차가 끝나자 그제야 안심이 됐다. 복도로 나와

시시덕대는 애들을 보니까 다른 차원의 세상에 갔다가 현실로 되돌아온 느낌이 들었다.

"별거 아니잖아."

앞으로도 이렇게 하면 적어도 점심시간은 안전하게 보낼 수 있다. 뚱담에게 자랑할 생각을 하니 설레었다. 준우와 지수에게는 말하지 못했지만, 뚱담에게는 내가 어떻게 첫 먹토를 성공했는지 다 말할 수 있었다. 처음에는 뚱담을 위해 대화를 주고받기로 한 건데, 요즘에는 내가 더 위로받고 있었다. 같은 관심사를 가진 친구와 편안하게 이야기 나눌 수 있다는 게 이렇게 좋은 일인지 몰랐다.

"찌수! 찌수!"

편한 마음으로 교실로 달려가 지수 자리로 직행했다. 뭔가를 쓰고 있던 지수가 의아한 표정으로 올려다봤다.

"뭔데?"

"웅, 기분이 쪼아서 그렇지이."

"뭔가 수상한데?"

역시 지수는 똑똑하고 예리했다. 나를 보는 눈빛에 의심이 가득 실려 있었다. 공부만 잘하는 바보가 아니었다. 남의 심리도 귀신처럼 꿰뚫어 봤다. 그걸 자신도 알아서인지 지수의 장래 희망은 정신과 의사였다. 가끔은 내 마음까지 보고 있는 것 같아서 지수가 불편한 적도 있었다.

"음, 내일 급식은 뭐지? 벌써 궁금한걸."

지수의 깊은 시선을 다른 곳으로 돌려야 했다. 그러나 지수는 뭔가 수상하다는 표정이었다. 지수는 내가 난처할 때 말을 돌린다는 걸 안다. 최대한 자연스럽게 지나갈 방법을 궁리했다. 그런데 때마침 복도에 준우가 지나가는 게 보였다.

"어이, 박준우!"

코뿔소처럼 직진하던 준우가 내 목소리에 브레이크를 밟았다.

"왜?"

교실로 얼굴만 쑥 내민 준우는 싱글싱글 웃고 있었다.

"뭐 좋은 일 있어?"

준우는 대답 대신 계속 느물느물 웃기만 했다. 당장 가르쳐 줄 생각이 없다는 게 확실해 보였다.

"뭔데?"

"넌 몰라도 돼."

준우는 여전히 웃고 있었지만, 나는 인상을 팍 썼다.

"슬슬 기분 나빠지려고 하네. 순순히 말해라."

"아, 몰라."

준우는 초조한 듯 보였다. 아무래도 빨리 가야 하는 이유가 있는 모양이었다. 이건 좋은 핑곗거리였다. 준우가 도대체 왜 저러는지 내가 궁금해하는 게 당연했다.

"나도 같이 가."

예리한 지수 곁에 더 머물다가는 먹토한 사실이 밝혀지는 건 시간문제였다. 준우를 따라 도망치는 게 지금 내가 할 수 있는 최선이었다. 그리고 이건 정말 자연스러운 퇴장이었다. 우리는 이틀에 한 번은 티격태격했고, 지수도 그걸 알고 있었다.

"따라오든가."

준우는 말리지 않았다. 눈치가 있어서라기보다 따라오든 말든 정말 상관없는 거였다. 나는 준우를 운동장까지 따라 나갔다. 곧 점심시간도 끝나는데, 운동장까지 왜 내려왔는지 이해는 안 됐지만 일단 지켜봤다. 준우는 쪼르르 남자애들이 모여 있는 쪽으로 달려가더니 돌아오지 않았다.

이왕 운동장까지 온 이상 그냥 돌아갈 수 없었다. 지수가 뭐였느냐고 물어볼 수도 있었고, 아무것도 하지 않고 다시 올라가기에는 아까운 것도 있었다. 무슨 일인지 알기 위해서 남자애들 무리 쪽으로 가까이 다가갔다.

"나 한 번만 보자."

"와, 대박."

"이게 말이 돼?"

뭔가 말도 안 되는 멋진 상황이 일어난 듯했다. 준우가 산책하러 가자는 주인을 따라 신나게 달려 나가는 강아지처럼 굴었던 것에는 다 이유가 있었다.

"나도 보여 줘."

남자애들 틈을 비집고 들어서자, 밖인데도 땀 냄새가 훅 났다. 하지만 호기심을 해결할 수 있다면 늘 맡는 땀 냄새 정도야 얼마든지 감수할 수 있었다.

"나도 만져 보면 안 돼?"

때마침 준우가 이 말을 했을 때 그 실체를 보고 말았다. 남자애들이 에워싼 물건은 힘 빠지게도 축구공이었다.

"겨우?"

나도 모르게 속마음을 뱉고 말았다. 남자애들이 놀라서 나를 바라봤다.

"야, 이거 김지석 사인 볼이거든."

준우가 씩씩대면서 받아쳤다. 김지석은 요즘 가장 유명한 국가 대표 축구 선수였다. 해외 축구팀에서도 주전으로 활동하는 인기 선수. 축구에 하나도 관심 없는 내가 알 정도면 아주아주 유명한 사람이었다.

"아, 정말 멋지네! 대박!"

일부러 호들갑을 떨면서 마음에도 없는 소리를 했다. 마음속에서는 괜히 왔다는 생각을 수십 번 하면서 당장 이 위기를 모면할 생각이었다. 남자애들에게 축구가 얼마나 중요한지는 이미 준우에게서 보고 들어 알고 있었다.

"아하하. 그럼 난 이만."

하지만 뒤로 빠지자마자 새로운 정보가 귀에 들어왔다. 정말 솔깃하다 못해 다시 뒤돌아가서 이건 아니라고 소리치고 싶은 정보.

"야, 진짜 멋지다. 신우야. 김지석이 외사촌 형이라니."

이신우? 돌아보니 정말 이신우가 그 사이에 끼어 있었다. 신우는 기세등등한 얼굴로 애들의 부러움 담긴 시선을 받고 있었다.

"쯧쯧."

거짓말쟁이. 이번엔 속마음을 말로 내뱉지는 않았다. 신우가 하는 말마다 거짓말이라는 것을 아는 사람은 없었고, 그래서 나는 아무에게도, 심지어 준우와 지수에게도 그 사실을 말하지 않았다. 말해 봤자 모두 신우의 말을 믿고 내 말은 믿어 주지 않을 것이기 때문이었다. 신우는 그런 애였다. 거짓말이 일상인 거짓말쟁이.

거짓말

신우의 거짓말이 눈에 들어오기 시작한 건 우연이었다.

"와, 이거 뭐야?"

여자애가 신우 앞에서 소리쳤지만, 나는 그게 신우를 향한 것임을 바로 알아챌 수 없었다. 그도 그럴 것이 신우는 늘 조용하고 평범해서 존재감이 없었다. 친한 친구도 없었고, 튀는 행동도 하지 않았다. 있는 듯 없는 듯 반의 구성원으로 존재하는 아이일 뿐. 그러니 누군가가, 그것도 여자애가 그 애 앞에서 소리쳤을 때 놀랄 수밖에 없었다.

"예쁘다. 설마 이거 진짜 보석이야?"

그 애 말에 반 애들 몇몇이 모여들었다. 나도 궁금해서 슬쩍 그 사이에 끼어들었다.

“응. 만지진 마. 튀르키예 헬로루니아 광산에서 발견된 귀한 원석이야.”

신우는 덤덤하게 말하며 하늘색 원석이 끼워진 팔찌를 흔들었다.

“뭐? 어디? 여하튼 색 너무 예쁘다. 꼭 칠한 것 같아.”

“나도 이런 거 갖고 싶어. 나 주면 안 돼?”

“음, 미안하지만 안 돼. 튀르키예에 사는 이모가 준 거라서. 그리고 진짜 귀한 거라고 했거든.”

귀한 거라는 말에 아이들은 한 번이라도 더 보려고 가까이 다가갔다. 애들이 점점 더 많이 밀려들자, 신우는 팔찌를 필통 안에 넣고 닫아 버렸다.

“미안. 이거 잃어버리면 큰일 나서.”

그리고 별일 아니라는 듯 고개를 숙이고 책을 읽기 시작했다. 아이들은 아쉬워하며 물러섰다. 그게 다였다. 그냥 어떻게 보면 사소한 에피소드. 반의 누가 신기한 원석을 가져왔고, 그걸 구경했다는 이야기. 그런데 나는 이 상황을 보면서 웃음부터 나왔다.

뭐, 튀르키예? 귀한 원석? 다들 그걸 믿는다는 게 어이없었다. 신우가 왜 거짓말을 하는지 몰랐지만, 어쩐 일인지 내 눈에는 거짓말하는 얼굴이 빤히 보였다. 혹시나 하는 마음에 검색해 본 헬로루니아 광산은 어디에도 없었다.

그날부터 내 시선은 자연스레 신우를 따라갔다. 신우가 왜 그런 쓸데없는 거짓말을 했는지 궁금했다. 그러자 그 애의 많은 거짓말을 보게 되었다. 내 눈에는 다 보였다.

한번은 명품 지갑을 갖고 와서 눈에 잘 띄는 곳에 두었다. 누군가 발견해 주길 바라는 것처럼. 그 누군가는 주로 호들갑을 잘 떨고 목소리가 큰 아이였다. 그래서 애들이 관심을 보이면 그냥 별일 아니라는 듯 말했다.

"선물로 받은 거야."

그 뒤로도 애들이 사고 싶어 하던 최신 이어폰, 명품 가방, 한정판 운동화 등이 이어졌다. 남들은 구하지도 못하는 것을 아무렇지도 않게 소비하는 이미지. 아이들에게는 '신우=그런 애'라는 정보가 차곡차곡 정보가 쌓여 갔다. 부유한 집 아들, 클래스가 다른 부자.

뒤늦게 나는 그 애가 하는 거짓말이 사소하지 않다는 걸 깨달았다. 신우는 조금씩 자신의 이미지를 만들어 가고 있었다. 언젠가부터 아이들은 신우를 대단하다고 여겼다. 작은 거짓말들에 스며들었다고 해야 할까. 하나하나 정말 작은 거짓말이어서 그게 거짓말이라고는 아무도 의심하지 않았다. 나는 애들에게 슬쩍 말해 봤다.

"저 지갑 말이야. 가짜 같지 않아?"

"야, 신우가 가짜를 왜 갖고 다니냐?"

"맞아. 말도 안 돼."

애들이 목소리를 높여 신우 편을 들었다. 이미 켜켜이 쌓아 올린 신우의 이미지는 그만큼 견고했다. 신우가 거짓말쟁이라고 내가 아무리 소리쳐도 모함한다고 생각할 게 뻔했다. 신우가 공부를 잘한다는 것도 신뢰를 높이는 데 한몫했다. 반에서 중간이나 겨우 하는 나와 상대가 안 됐다.

뭐, 나랑 상관없으니까. 깔끔하게 그냥 다 잊기로 했다. 신우가 부자라고 부러움을 사는 게 뭐 대단한 일이라고. 그냥 같은 반 일원으로 지내기에는 전혀 문제 될 게 없었다. 누군가 피해를 보는 것도 아니고, 신우 역시 나쁜 의도로 속이고 있는 것 같지 않았다. 늘 혼자 존재감 없이 있던 그 애는 거짓말 덕분에 이제 친구들에 둘러싸여 있었다. 애들은 참 바보 같았다. 신우는 거짓말하기 전에도 후에도 같은 사람인데, 부자라는 이미지를 가지니 다르게 대했다.

하지만 그로부터 며칠 뒤 나는 폭발해 버리고 말았다. 신우를 내버려 둘 수 없게 된 사건이 생긴 것이다.

"아, 말라소녀? 최사라? 걔 내 사촌인데."

여자애들이 말라소녀 유튜브 이야기를 하는 걸 듣고 지나가면서 중얼거린 신우의 말이 귀에 꽂혔다. 내 워너비 말라소녀를 엮다니, 가만히 둘 수가 없었다. 자신의 입지를 다지기 위한 사기 행각에 말라소녀를 이용한다는 건 용서가 안 됐다. 곧장 신우에게 돌진했다. 일부러 발소리도 크게 뚜벅뚜벅 갔는데도 신우는 안 들리는 척 책을 읽고 있었다.

『종의 기원』. 거짓말쟁이답게 자신의 이미지 메이킹을 위해 선택한 책일 게 분명했다.

"야, 이신우."

나는 최대한 목소리를 낮게 깔았다.

"응? 나?"

신우는 내가 말을 건 것 자체가 무척이나 놀랍다는 듯 눈을 크게 떴다. 그동안 내가 말을 건 적이 없긴 했다. 아마 자기가 만든 부자 이미지가 내게 안 먹혔다고 생각하고 있었는지도 모른다. 비열하고 가식적인 인간.

"솔직히 나, 네 거짓말 다 알고 있어."

"…… 뭐?"

"헬로루니아 광산 따위 없다는 것부터 다 알고 있다고. 그러니까 우리 인간적으로 말라소녀는 팔지 말자."

내 말에 신우는 그제야 알아들었다는 듯 씩 웃었다. 칙칙한 신우가 그렇게 환하게 웃는 것은 처음이었다.

"그래? 안다는 말이지."

그 말이 '그래서 어쩌라고? 네 말을 누가 믿어 준다고? 애들이 나를 믿을까? 너를 믿을까?'로 들려서 슬슬 기분이 나빠지기 시작했다. 그러나 신우는 의외의 말을 했다.

"어쩌지? 최사라는 진짜 내 사촌인데."

이 자식이 끝까지. 이를 악물었다. 말라소녀를, 나의 말소 님을 이용하는 꼴은 진짜 두고 볼 수 없었다.

"야. 좋은 말로 할 때 그만해라."

"누가 그런 이상한 채널을 보나 했더니 너도 구독자인가 보네. 나한테 잘 보여라. 혹시 알아? 내가 언제 한번 최사라 만나게 해 줄지."

화가 머리끝까지 치밀었지만, 꾹 참았다.

"아이, 씨……."

거짓말쟁이는 자기 자신도 속인다더니 이 정도일 줄은 몰랐다. 이건 도저히 이길 수가 없었다. 포기하고 그냥 돌아섰다. 대신 신우를 인간 이하로 생각하기로 결심했다. 신우는 어깨를 으쓱하더니 다시 책으로 눈을 돌렸다. 꼭 진짜 그 책을 읽고 있는 것처럼 보였다.

뼈말라 프로젝트

"안녕하떼요! 말란이 여러분! 말라소녀예요!"

"꺄, 언니!"

오늘 말라소녀가 올린 동영상 섬네일을 보자마자 가슴이 두근두근했다. 얼마 전부터 말라소녀가 대형 프로젝트를 준비 중이라는 것은 알고 있었는데, 바로 오늘 기습적으로 그 프로젝트를 공개한다는 것이다.

대박. 말소 프로젝트 공개 영상 보고 있어? 쏨쏨

나는 뚱담에게 가장 먼저 메시지를 보냈다. 말라말라 커뮤니티 사람들 대부분이 말라소녀 팬이었지만, 뚱담은 특히 말라소녀에 열광했다. 딱 나처럼. 우린 운명이었다.

뚱담 그럼그럼. 무슨 프로젝트일까?

그러게. 말소 님 만날 수 있는 프로젝트면 좋겠다. 쏨쏨

"아, 설레!"

휴대폰 화면 속으로 빨려 들어갈 것 같았다. 말라소녀는 언제나처럼 깡마른 아름다움을 자랑했다.

"아, 말소 님 쇄골 봐. 진짜 아름답다!"

"여러분 오랫동안 궁금하셨죠? 이번 프로젝트, 아주 세심하게 기획했고요, 여러 회사에서 도와주신 대기획이에요. 저도 정말 기대가 되는데요, 여러분이 들으시면 얼마나 좋아하실지 설레요!"

말라소녀는 깡마른 손가락으로 하트를 뿅 만들었다. 나도 사랑을 담아 답 하트를 뿅 보냈다.

"바로바로 두구두구두구…… 뼈말라 프로젝트입니다!"

"뼈말라? 앗, 이거 혹시……."

"맞아요! 여러분의 예상! 정-답입니다! 드디어 우리 다 같이 함께하는 거예요! 우리가 같이 노력하고 소통할 기회는 여태까지 없었잖아요? 이번 기회에 우리 말란이 여러분 똘똘 뭉쳐 봐요!"

"대박!"

"참가 신청을 받고 예선을 통과한 말란이 중 랜덤으로 짝을 정할 거예요. 짝은 처음부터 끝까지 한목숨! 몸무게도 하나! 둘이 합쳐서 계속 진행될 거예요. 비포, 애프터 몸무게는 비공개로 진행하다가 진행 과정에서 합산 몸무게로 공개할 거예요. 제가 직접 구성한 다이어트 챌린지를 하나씩 정복해 나가면서 프로젝트가 끝난 뒤에 그 차이가 가장 큰은, 몸무게를 가장 많이 감량한 팀이 우승하는 거예요! 우승 상금은 각각 500만 원! 그리고 저와 함께 잡지 화보 촬영을 진행할 거예요. 여러분 요즘 가장 인기 있는 잡지 틴틴 아시죠? 그곳과 함께할 거예요."

말라소녀는 참가 신청서 작성 요령을 자세히 설명했다. 접수 마감은 일주일 뒤. 서류 심사 후 예선 발표는 그다음 주에 이루어진다. 본선에 오른 스무 명은 백 일간 본격적으로 뼈말라 프로젝트를 진행하게 된다. 일정 설명을 듣는

동안 가슴이 터져 버릴 것만 같았다. 너무 흥분되어서 손이 달달 떨릴 지경이었다.

"아, 어쩌면 좋아."

일단 영상 밑에 걸어 둔 링크로 들어가 참가 신청서를 다운로드받았다. 빠진 게 없는지 몇 번이나 확인했다. 참가 신청서는 프린트할 것도 없이 입력해서 이메일로 전송하면 끝이었지만, 일부러 신청서를 종이에 프린트했다. 손으로 꼼꼼하게 적어 본 뒤에 제출하고 싶었기 때문이다.

이름, 닉네임, 아이디, 생년월일, 말라소녀 채널 구독 시작일, 말라소녀를 좋아하는 이유, 해 본 다이어트 종류, 뼈말라 목표 체중, 첨부 파일로 현재 몸무게 인증 영상. 항목은 평범했다. 하지만 얼마나 정성껏 잘 쓰느냐에 따라 당락이 결정될 것이었다. 인증 영상은 얼굴부터 카메라를 쭉 내려서 체중계 위에 서 있는 발끝까지 나오게 찍으면 됐다. 말라소녀가 몸무게를 조작하는 일은 탈말란이를 뜻한다며 엄포를 놨다.

짧은 신청서지만 고민이 길어졌다. 말란이라면 다들 비슷비슷하게 쓸 텐데, 어떻게 하면 더 개성 있고 눈에 띄는 신청서를 만들어 낼 것인가.

뚱담 < 너 할 거지?

이미 신청서를 어떻게 쓸지 고민하고 있었지만, 뚱담에게 선뜻 한다고 답할 수가 없었다.

뚱담 < 난 신청해 보려고!

너무 흥분해서 뚱담이 신청하게 되는 상황은 아예 생각해 보지 못했다. 그러고 보니 대부분의 말라소녀 구독자들, 즉 말란이들은 신청서를 제출할 것 같았다. 어마어마한 구독자 수를 따져 볼 때 뚱담과 내가 동시에 통과할 확률은 거의 없었다.

나도. 우리 본선에서 만나자! > 쏨쏨

마음에도 없는 소리를 하고 다시 참가 신청서를 들여다보는데, 갑자기 방문이 벌컥 열렸다.

"너 또!"

갑자기 엄마가 들이닥친 것이다.

"뭐, 뭐가?"

"어? 말라깽이인가 말라소녀인가 그거 보고 있는 거 아니었어? 어머머, 따알. 공부하는 거?"

엄마는 내가 휴대폰을 보는 대신 얌전히 책상에 앉아서 스탠드까지 켜고 뭔가를 쓰고 있으니 이상한 모양이었다. 솔직히 낯선 광경이긴 했을 것이다.

"몰라, 나가! 방해돼!"

"네네. 나가 드려야지요."

내가 공부한다고 생각한 엄마는 기분 좋게 물러났다. 그러나 내 기분은 좋지 않았다. 막상 신청서를 쓰려니까 현실이 보였다. 말라소녀 채널 구독자는 300만 명이다. 그중 10분의 1만 지원해도 30만 명이나 됐다. 보통 글솜씨로는 예선도 통과하기 어려워 보였다.

하, 도대체 어떻게 써야 하지. 그 어떤 시험보다 어렵고도 중대한 일을 만나고 말았다. 이건 도저히 혼자 해결할 수 있는 문제가 아니었다.

글 잘 쓰냐? 예솜

지푸라기라도 잡는 심정으로 몇몇 친구들에게 같은 메시지를 보냈다. 어느새 밤 아홉 시였고, 학원에 있거나 스터디 카페에 있는 애들도 있어서 곧바로 답이 오진 않았다.

"에휴."

긴 한숨이 저절로 터져 나왔다. 엄마가 논술 학원 다니라고 할 때 다닐걸. 참가 신청서의 빈칸은 도통 채워지지 않고, 이상하고 식상한 문장만 머릿속에 맴돌았다. 잠시 기발하다고 생각해서 써 보아도 다시 읽어 보면 상투적인 글이 되어 나올 뿐이었다. 휴대폰은 고장이라도 난 것인지 고요했다.

준우 뭐 써야 하는데?

열 시. 준우가 학원을 마치고 나올 시간이었다. 제일 먼저 답장 보내 준 건 대견했으나, 나는 준우 글솜씨를 누구보다 잘 안다. 나보다 나을 것이 전혀 없다는 것도. 급한 마음에 친한 애들에게 두서없이 보냈지만, 처음부터 준우는 제외했어야 했다.

지수는 집에 갔어? 지수 글 잘 쓰나? 예솜

지수는 준우와 같은 학원에 다녔다. 둘이 친하지는 않지만, 인사 정도는 하고 지내는 것 같았다.

준우 지수 글 잘 씀. 근데 벌써 집에 갔어.

지수가 글을 잘 쓴다고? 왜 내가 몰랐을까? 지수랑 공식적으로 단짝 친구임에도 모르고 있었다. 중3인 올해 처음 같은 반이 된 지수와 누가 먼저랄 것도 없이 자연스럽게 단짝으로 붙어 다니고 있었다. 3월, 앞뒤로 앉게 된 그날부터 그냥 그렇게 지냈다. 둘이 관심사가 비슷하다거나 한 것은 아니지만, 그냥 같이 있는 게 편하고 좋았다.

하긴 이제 단짝 된 지 겨우 4개월 남짓이니 지수가 글을 잘 쓴다는 것은 모르는 게 당연한 건가. 지수는 뭐든지 잘하니까, 글쓰기에도 소질이 있는 모양이었다.

"공부 잘하는 건 알았는데……."

괜히 지수에게 미안해져서 중얼거렸다. 아까 지수에게는 메시지도 보내 보지 않았다.

지수야, 나 글 좀 써 줄 수 있어? 예솜

보내고 나니 지수가 의아해할 것 같았다. 갑자기 무슨 글을 써 달라는 것인가 황당해할 게 뻔했다. 게다가 이제 다이어트 안 한다고 했는데, 갑자기 다이어트 프로젝트에 도전한다니. 아무리 친구라도 그건 아니었다. 재빨리 메시지를 삭제했다. 다행히 지수가 보기 전이었다.

삭제된 메시지입니다. 예솜

아, 잘못 보냈네. 내일 보자! 예솜

지수가 글을 잘 쓴다는데도 도움을 받을 수 없다니, 아깝지만 어쩔 수 없었다. 찾아보면 다른 더 좋은 방법이 있을 것이다.

그런데 문득 이상한 생각이 들었다. 준우는 지수가 글을 잘 쓴다는 걸 어떻게 안 걸까? 준우와 지수는 단 한 번도 같은 반이 된 적 없었다. 올해 내가 지수와 친해지면서 같이 몇 번 만났고, 쉬는 시간에 대화를 나누는 정도였다. 유일한 접점은 나뿐이었다. 우연히 둘이 같은 학원에 다니긴 했지만, 학원 끝나자마자 지수는 사라진다고 했으니 따로 대화를 나눌 일도 없을 것이다.

"뭐지?"

뭔가 기분이 이상했다. 놓친 것이 있는 기분. 하지만 더 깊이 생각할 시간이 없었다. 나는 다시 신청서로 고개를 돌렸다. 마음이 무겁게 내려앉았다.

"하아."

침대에 누웠다. 잠시 누워서 생각을 정리하려고 했지만, 몸이 노곤해지더니 눈꺼풀이 무거워졌다.

얼마나 잤을까. 어디선가 달그락거리는 소리가 났다. 고요한 어둠. 아무것도 없는 그 속에서 몸이 움직이지 않았다. 꼭 누가 밧줄로 꽁꽁 묶어 둔 것처럼 옴짝달싹할 수 없었다.

달그락.

달그락대는 소리가 점점 가까워져 왔다. 고개를 치켜들어 보고 싶었지만, 몸이 움직이지 않았다. 눈동자만 움직일 수 있어서 소리가 나는 쪽은 볼 수 없었다. 눈으로 확인할 수 없다는 공포까지 엄습했다. 마치 뭔가가 서로 부딪치는 것 같았는데, 한 번도 들어보지 못한 생경한 소리였다.

달그락. 달그락.

그것은 천천히 움직이고 있었다. 몸만 움직이면 피할 수 있을 텐데. 제발. 움직여 줘. 온몸에 힘을 주느라 식은땀까지 났다. 어찌 된 일인지 모르지만, 몸은 움직이지 않았고 도망치는 것은 불가능했다. 빨리 도움을 청해야겠다는 생각이 번쩍 났다. 바로 옆방에 엄마와 아빠가 있었다.

"으, 으마."

필사적으로 엄마를 불렀다. 그러나 입도 제대로 움직이지 않았고, 겨우 나온 소리는 신음과도 같은 이상한 소리였다. 소리도 너무 작아서 방 밖까지 가 닿지 못했다.

달그락.

달그락 소리가 바로 옆까지 다가왔다. 바로 내 옆에 서 있다는 걸 본능적으로 느낄 수 있었다. 소리가 나는 쪽으로 천천히 눈동자를 돌렸다. 놀랍게도 거기 서 있는 것은 새하얀 뼈였다. 머리부터 발끝까지 뼈로 이루어진 인체모형 같은 뼈다귀 괴물. 그것은 기둥이나 누구의 도움도 받지 않고 스스로 서 있었다. 나를 무심하게 내려다보고 있었다.

안녕.

그것이 손을 흔들었다. 순간 공포 대신 황홀함을 느꼈다. 뼈가 살아 움직이다니. 경이롭고 아름다웠다. 쓸데없는 살덩어리가 덜렁대지 않는 인체는 훨씬 가볍고 경쾌해 보였다.

눈을 떴다. 꿈속에서는 공포에 질리기도 했지만, 우스꽝스럽고 유치한 꿈이었다. 그러나 그저 그런 개꿈만은 아니었다. 적어도 나에게는 쓸모 있는 꿈이었기 때문이다.

"이거야."

새벽 네 시였다. 잊어버리기 전에 책상 앞에 앉아 꿈 이야기를 참가 신청서에 적기 시작했다. 마주하기 전의 공포와 마주하고 난 뒤의 황홀함. 이런 꿈까지 꿀 정도의 간절함을 드러내기 위해서 가지고 있는 문장력을 총동원했다.

발표

오! 몸무게가 또 줄었다. 지난주 일요일만 해도 55kg이었는데 며칠 만에 54kg에 도달했다. 뼈말라 프로젝트 지원하면서 영상 찍을 땐 56kg이었다. 다행이었다. 벌써 2kg이나 뺐다니, 괜찮은 시작이었다.

다 먹토 덕분이었다. 2주 동안 꾸준히 점심에 먹토를 했다. 속이 좀 안 좋고 목이 칼칼해지긴 했지만, 이미 각오했던 거였다. 다만 치아 손상은 좀 걱정이 됐다. 아직은 멀쩡했지만, 슬슬 신경 써야 하지 않나 싶었다. 토를 하고 나서 곧바로 양치질하지 말라는 것은 제법 알려진 상식이었다. 치아가 더 쉽게 부식되기 때문이다. 하지만 토하고 나면 역겹고 찝찝해서 양치를 안 하고는 참을 수가 없었다.

프로젝트 끝나기 전까지만 이렇게 하자. 속으로 괜찮다고 몇 번이나 되뇌었다. 프로젝트 기간은 고작 100일이니까. 몸무게를 확 줄인 뒤에는 더 욕심내지 않고 유지만 해 볼 생각이었다. 저체중 상태에서 유지도 쉬운 일이 아니었다. 목표는 크게 잡았다. 39kg. 15kg이나 남았지만 100일 동안 굳게 마음먹으면 못 할 일은 아니었다.

아직 예선을 통과했다는 보장은 없었다. 안 되었을 가능성이 더 높았다. 대망의 발표일. 나는 떨어지더라도 프로젝트 일정을 따라가며 함께하듯 홀로 도전하기로 결심했다. 말라말라에도 그렇게 할 거라는 회원이 많았다. 기분 좋은 설렘으로 모두 술렁이고 있었다.

학교에 가려고 집을 나서면서 불안한 마음을 조금이라도 진정시키려고 말라말라에 들어가 봤다.

– 대박. 아침 일곱 시 발표 실화임?

– 일곱 시에 발표라더니 그 일곱 시가 이 일곱 시였어?

– 아, 탈락

– 프로젝트 따라잡기 도전 시작합니다.

- 예선 통과한 사람 있음?

커뮤니티에 줄줄이 올라와 있는 게시물 제목들을 보면서 심장이 요동치는 걸 느꼈다. 나 역시 당연히 오후 일곱 시 발표라고 생각했는데, 아침에 발표가 난 것이다. 저녁 아홉 시에 말라소녀 라이브 방송이 예정되어 있으니, 다들 그렇게 생각할 수밖에 없었다.

"아, 제발."

학교가 문제가 아니었다. 휴대폰을 든 손이 다 떨렸다. 길 한복판에 멈춰 서서 말라소녀 채널로 들어갔다. 애써 경건한 마음과 표정을 지었다. 부정 타지 말라는 몸부림이었다. 신이 있다면 나를 가엽게 여겨 제발 예선 통과의 행운을 내려 주기를.

"제발……."

한X솜/ 예스코튼/ 1yescotton

예선 통과자 명단 맨 마지막 줄에서 내 이름과 닉네임, 아이디를 발견했다. 들숨이 훅 들어오더니 너무 놀라서 날

숨이 쉬어지지 않았다. 몇 번이고 내가 맞다는 것을 확인한 뒤에도 숨이 제대로 쉬어지지 않았다.

"켁. 콜록콜록."

기침을 계속하니까 답답한 속은 좀 풀리는 것 같았지만, 토할 것만 같았다.

"야, 왜 그래?"

어디서 나타났는지 갑자기 준우가 내 등을 두드려 댔다.

"하, 하지 마."

"목에 뭐 걸렸어?"

준우는 속도 모르고 계속 등을 두드렸다. 그만하라니까, 웬 난리인지. 버럭, 소리를 내질렀다.

"하지 말라고! 토 나와!"

그제야 준우는 등 두드리는 걸 멈췄다.

"이제 괜찮아?"

"하지 말라니까 왜 계속 두드리는데?"

"꼭 목에 뭐가 걸린 사람처럼 보였으니까. 이렇게, 웩!"

준우는 조금 전 내가 어떤 모습이었는지 묘사했다. 얼굴이 새하얗게 질려서 억지로 기침을 해대는 것이 영락없이 목에 뭐가 걸려 숨을 못 쉬는 것처럼 보였다는 것이다.

"내가 기분 좋으니까 오늘, 네 목숨은 살려 주마."

휴대폰 화면을 캡처했다. 너무 놀라서 하마터면 캡처하는 걸 잊을 뻔했다. 나중에 말라소녀 채널 측에서 명단을 바꿀 수도 있으니 미리 조처해 두는 치밀함. 후후.

"무슨 좋은 일 있어?"

"이거 봐."

물어보길 기다렸다. 드디어 자랑할 시간이 온 것이다. 준우 눈앞에 휴대폰 화면을 들이밀었다.

"이게…… 뭔데? 아, 너 말라소녀 그거 아직도 보냐?"

준우가 혐오스럽다는 듯이 얼굴을 찌푸렸다.

"말소 님이 어디가 어때서?"

"말라빠진 애가 뭐가 부럽다고 그러는 건데? 넌 뺄 살이 정말 하나도 없다니까?"

준우는 정말 아무것도 몰랐다. 이제 세상은 변했다. 준우에게 현대미의 기준이 달라졌다는 것을 도대체 어떻게 이해시켜야 할까.

선사 시대에는 빌렌도르프의 비너스가 있었다. 아주 유명한 이 비너스는 통통을 넘어 뚱뚱해 보였다. 당시 미의 기준은 풍만함이었을 것이다. 그 기준은 그리스로 넘어오면서 밀로의 비너스가 되었고, 과거에 비해 많이 날씬해졌다. 물론 현대인의 눈으로 보기에는 여전히 많이 통통했다. 이제 미의 기준은 깡말라야 했다. 불필요하게 흔들리는 살덩이가 하나도 없는 모습. 있는 그대로의 뼈가 아름다웠다.

"어쨌든 이것 봐. 친구에게 축하 정도는 해 줄 수 있지?"

꾹 참고 예선 통과자 명단을 직접 손으로 짚어 주었다. 준우가 눈을 크게 뜨더니, 내 휴대폰을 낚아채 내용을 찬찬히 살펴봤다.

"…… 뼈말라 프로젝트?"

"나 됐어."

"…… 일단 축하. 그런데 그게 뭔데?"

잔뜩 의심 어린 눈초리였다.

"설마 자기처럼 너도 뼈만 남게 만든다는 뜻?"

"굳이 말하자면 그런 건데, 내가 도전하는 거야."

"흠."

왜 내 주위에는 응원해 줄 사람이 단 한 명도 없는 걸까. 심각한 준우의 얼굴을 보자 깨달았다. 진짜 나를 응원해 줄 사람은 없구나. 내가 원한다는데, 도대체 왜? 지수도 다이어트 포기를 반겼고, 엄마는 살찌면 안 된다고 말하면서도 내가 잘 먹으면 좋아했다. 평소 다른 일에는 객관적이고 중립적이던 준우마저도 애매한 반응이었다. 이 엄청난 소식에 진심으로 기뻐해 줄 친구가 아무도 없었다.

"어쨌든 이거 넌 엄청 기쁜 거지?"

준우가 대뜸 물었다. 나는 시무룩한 얼굴로 고개를 끄덕였다.

"유후! 축하축하! 진짜 잘됐다!"

갑자기 준우가 요란스럽게 소리를 질러 댔다. 서운한 내 마음을 읽은 것 같았다.

"진심이야?"

"당연하지! 난 네가 좋으면 좋다! 저기요, 내 친구 말라소녀에서 뭐 당첨됐대요!"

준우가 거리에 지나가는 사람들에게까지 소리쳤다. 이게 아닌데……. 내가 바란 것은 진심 어린 축하뿐이었다. 나는 얼른 준우를 잡았다.

"야, 조용! 그리고 당첨 아니고 예선 통과라고! 내가 신청서 잘 써서 된 거거든."

비록 엎드려 절받기로 가짜 축하를 받긴 했지만, 기분이 나쁘진 않았다. 구독자가 300만 명인 채널에서 달랑 20명밖에 뽑지 않는 프로젝트에 뽑힌 것은 거의 불가능에 가까운 행운이었다. 인생에서 이렇게 엄청난 일이 또 일어날까?

"참, 나 너 말고 진짜 축하해 줄 사람 있다."

문득 뚱담이 떠올랐다. 연락이 없는 걸 보니 떨어진 것 같았다. 잠시 망설여졌지만, 어제 둘 중 한 명만 붙더라도 꼭 소식 전하자고 한 약속이 떠올랐다.

뼈말라 프로젝트 공지 벌써 났더라. 나 붙었어. 쏨쏨

읽지도 않고 답도 없었다. 마음이 불편해서 읽지 않는 걸까 봐 걱정이 됐다. 떨어진 게 속상해서 휴대폰도 끄고 울고 있을지도 몰랐다.

"누구? 나 말고 축하해 줄 사람이 누군데? 내가 모르는 친구가 있어?"

준우는 자기가 모르는 친구의 등장에 난리가 났다. 학교에 거의 다 도착했을 무렵, 메시지가 왔다.

뚱담 와! 축하해! 그런데 벌써 공지 났어? 나도 봐야겠다. 난 당연히 떨어졌겠지만.

아직 확인 못 한 모양이었다. 그런데도 나부터 축하해 주는 게 고마웠다.

아냐. 너도 됐을 거야. 빨리 가 봐. 난 네 아이디 몰라서. 쏨쏨

뚱담 꺄아아아아아아아아아!

너도 됐어? 쏨쏨

뚱담 응응!

헉. 축하할 일이라는 마음보다 불안한 마음이 먼저 들었다. 본선 진행 중에 말라소녀와 만나는 과정이 있을 수도 있었다. 그러면 뚱담과 내가 직접 만나게 될 가능성이 컸다. 그날만 핑계를 대고 빠질 수 있을지, 프로젝트에서 감점이 되지는 않을는지, 짧은 시간에 이런저런 고민이 머리를 스쳤다. 그래도 나는 축하 메시지를 보냈다.

진짜 잘 됐다! 너도 축하해! 쏨쏨

뚱담 < 이왕이면 우리 둘이 한 팀 되면 좋겠다.

"안 돼!"

"뭐가 안 돼?"

준우가 깜짝 놀랐다.

"아무것도 아니야. 빨리 학교나 들어가자."

아무리 준우라도 이번 일은 구구절절 설명하기도 싫었다. 그러려면 내가 거짓말한 것도 다 말해야 했으니까. 합격한 기쁨을 만끽하기도 전에 걱정거리가 매달렸다.

종일 하늘에 둥둥 떠 있는 것처럼 지냈다. 전화가 걸려 온 것은 저녁 일곱 시였다. 라이브 방송을 아홉 시에 한다고 해서 학원 다녀오자마자 저녁밥도 안 먹고 막 숙제를 펼친 참이었다. 어차피 이제 다이어트가 시작되니 저녁을 먹는 것은 사치 중의 사치였다.

"여보세요, 한예솜 님?"

"예? 저 맞는데요."

또 광고 스팸 전화일 거라고 지레짐작하고 통화 종료 버튼으로 손가락을 옮기던 찰나, 그쪽에서 말했다.

"저는 말라소녀 채널 스태프입니다. 뼈말라 프로젝트 예선 통과를 축하드립니다!"

"아, 감사합니다!"

"이따 라이브에서 본선에 대한 설명과 진행이 있을 예정이어서 라이브 방송 꼭 시청해 주십사 연락드렸습니다. 자세한 건 저희 쪽에서 정리해서 다시 연락드릴 예정인데요, 그래도 말라소녀 라이브를 보시고 채팅으로 소통도 해 주시면 감사하겠습니다."

"예, 예. 당연하죠! 제가 얼마나 말소 님을 좋아하는데요! 라이브 한 번도 놓친 적 없어요!"

"아, 그러시구나. 그러면 이따 꼭 참여 부탁드려요!"

"예. 감사합니다!"

성공한 덕후란 이런 것일까. 순간 목이 메고 눈물이 차올랐다. 300만 구독자 중 한 명이던 나에게 꼭 라이브를 시청해 달라는 연락이 오다니! 감격. 정말 최고의 날이었다.

조금 뒤 라이브 방송에서 말라소녀는 편안한 차림새지만 아무나 따라 할 수 없는 묘한 멋스러움을 풍기며 등장했다. 동그랗고 커다란 알 없는 안경을 쓰고 머리를 풀고 몸에 비해 큰 브이넥 니트를 입었는데, 니트는 부드럽고 헐렁해서 자연스럽게 흘러내렸다. 살짝 드러난 하얀 어깨가 포인트였다. 여리여리하고 청순한 모습에 나는 채팅도 잊고 넋이 나가 화면을 바라봤다.

"저 니트 꼭 사야지."

"말란이 여러분, 안녕하떼요! 말라소녀예요! 이렇게 실시간으로 여러분 만나게 되니까 너무너무 좋네요. 지금 채팅으로 니트 정보 알려 달라는 글이 많은데요, 저 이번에 화보 찍은 거 아시죠? 화보 촬영할 때도 착용한 맥시랑로 제품이에요. 지금 제가 입은 그린옐로 색 조합 완전 예쁘죠? 스카이블랙도 있는데, 그것도 진짜 예뻐요. 그린옐로가 조명발을 더 잘 받아서 골랐는데, 평소에 입으시기에는 스카이블랙도 예쁘실 거예요."

얼른 검색창을 띄워서 맥시랑로 니트를 검색해 봤다. 벌써 말라소녀 니트로 연관 검색어가 떠 있었다. 예쁘긴 정말 예뻤지만, 가격이 예쁘지 않았다.

"22만 원? 하. 진짜 비싸다."

용돈으로는 당연히 살 수 없고, 엄마가 옷 사라고 주는 돈으로도 어림없었다. 만약 돈을 모아서 저걸 산다고 해도 엄마가 분노할 만한 가격이었다.

- 아, 저 지금 공홈에서 구매 완료

- 그린옐로는 벌써 품절이에요, 언니!

- 말소 님 거랑 같은 색상은 없어서 스카이블랙 구매했어요.

- 겨우 샀다ㅠㅠ

채팅창에 샀다는 글들을 보고 좌절했다. 어디 제품인지 알자마자 달려가서 척척 구입하다니, 다들 돈도 많았다.

"어머, 지금 말란이 여러분, 안 좋은 소식 이떠요! 지금 맥시랑로 이 니트, 전체 완판! 품절이래요. 아, 어쩌죠. 질문이 들어와서 제가 그냥 살짝 알려 드린 건데, 그새 그린옐로, 스카이블랙 두 컬러 다 품절됐어요. 지금 사러 공홈 들어가셨다가 못 사신 분들. 제가 대신 사과드릴게요. 맥시랑로는 노 세일 제품에 오로지 공홈에서만 판매하는 거 아시죠? 공홈에서 품절이면 지금 현재 완전 품절 맞고요. 다른 데 검색해 보셔도 절대 안 나와요. 그러니까 이제 그만! 그러면 이제 우리가 진짜 하려는 이야기! 뼈말라 프로젝트에 대해서 이야기해 볼까요?"

어차피 니트 살 돈도 없었지만, 괜히 아쉬웠다. 그러나 옷이 문제가 아니었다. 더 중요한 일이 남아 있었다.

"뻐말라 프로젝트 예선 통과자 명단 보셨죠? 저희가 전화로 그분들께 이 방송을 꼭 보라고 말씀드렸는데요! 바로 짝 정하기 방송을 라이브로 공정하게 진행하기 위해서였어요! 깜짝 놀라셨죠? 저희가 일부러 말씀 안 드렸거든요. 여기 본선 올라오신 스무 분 닉네임이 적힌 종이가 있거든요. 제가 불투명 상자 안에 넣고 섞어서 두 장씩 직접 뽑을 거예요. 그러면 그 두 분이 짝이 되시는 겁니다! 몸무게 역시 합산해서 점수를 매기는 거니까 누구와 짝이 되느냐에 따라 결과가 달라지기도 해요! 자, 다들 행운을 빌며, 제가 두 장씩 뽑아 볼게요!"

말라소녀가 검은색 상자 안에 반씩 접은 종이를 모두 넣었다. 짝을 정하는 건 무척이나 중요한 일이었다. 좋은 짝은 우승으로 이끌 것이다. 나는 두 손을 간절히 모았다. 제발 뚱담은 아니길.

뚱담 제발……. 우리 같은 팀 되면 좋겠다.
참 나 말란이 닉네임은 담담이야.

"같은 팀이 되면 좋겠다니, 그건 아니야. 진짜. 미안해."

첫 번째, 두 번째, 세 번째…… 일곱 번째 팀까지 발표되었다. 그리고 마침내 여덟 번째 팀…….

"이번 팀은요, 예스코튼 님과…… 담담 님입니다!"

나는 귀를 의심했다. 담담이라면 뚱담. 뚱담이 보낸 메시지를 다시 확인해 봐도 담담은 뚱담 닉네임이 확실했다.

뚱담 예스코튼 님, 반가워요! 우리 둘이 되다니!
진짜 우린 운명이야!

뚱담이 보낸 메시지를 가만히 바라보기만 했다. 뭐라고 대답할 말이 떠오르지 않았다. 지금이라도 내가 100kg 가까이 된다고 말한 건 사실이 아니라고 고백한다면, 뚱담이 어떻게 받아들일까. 갑자기 살이 빠져서 50kg대가 되었다고 해야 할까. 머릿속이 복잡해졌다.

100일의 기적

뼈말라 프로젝트에서 아침부터 짝으로 정해진 뚱담의 전화번호가 메시지로 도착했다. 뚱담과 대화를 나누긴 했지만, 전화번호를 교환하지는 않았다. 전화번호를 저장하자, 뚱담이 메시지를 보내왔다.

뚱담 안녕하세요. 저는 열다섯 살이고, 본명은 박해담. 흐흐. 이렇게 보니 반갑다.

박해담이었구나. 이름이. 나는 뚱담으로 저장한 이름을 해담이로 수정했다. 뚱담, 아니 해담이는 신난 것 같았다.

예솜 < 이렇게 만나다니. 히히. 난 한예솜. 이제야 본명을 주고받네.

해담 < 어디 살아? 난 서울인데.

난 수원. 멀진 않네. > 예솜

멀지 않다고 말하고 후회했다. 혹시나 만나자고 할 수도 있었다.

해담 < 우리 열심히 해 보자. 100일이면 어느 정도 빠질까?

나 지원서 냈을 때보다 2kg 빠졌어. > 예솜

해담 < 멋지다. 나도 열심히 할게.

가깝다는 말에는 다행히 별다른 반응이 없었다. 하지만, 하, 내가 56kg이었다는 것을 알면 해담이는 뭐라고 할까. 이미 고백할 시기는 지나도 한참 지났다. 둘 다 프로젝트에 합격할 줄은, 그것도 같은 팀이 될 줄은 꿈에도 몰랐다. 내가 할 수 있는 것은 뼈말라 프로젝트에서 우승하는 일밖에 없었다. 우승 특전이 어마어마하니까 내가 노력해서 우승하면 해담이도 조금은 기분이 풀리지 않을까? 지금으로는 그것밖에 방법이 없어 보였다.

좀 더 적극적으로 다이어트에 돌입하기로 했다. 학교 급식은 먹토로 해결한다지만, 점점 효과가 떨어지는 느낌이었다. 이제 그것보다 더 센 방법을 써야 했다. 하루 한 끼 먹토로는 2주간 몸무게 변화가 2kg밖에 되지 않았다.

일단 아침 식사를 완벽하게 거르기가 힘들었다. 엄마 때문이다. 엄마는 공부하는 학생은 아침 식사를 꼭, 그것도 탄수화물로 해야 한다고 고집했다. 하지만 먹는 척하고 버릴 수는 있었다. 일단 씹다가 뱉고, 남은 음식은 엄마가 안 보는 틈을 타서 휴지에 싸서 버리는 것이다.

저녁 식사는 학원에 가기 전에 밖에서 간단히 해결했기 때문에 얼마든지 굶을 수 있었다. 평일은 이렇게 하고 이번 주말은 핑계를 대고 방에 누워서 몰래 '게맛살로 버티기'를 해 보기로 했다.

"100일 한다며? 그렇게 해서 사람이 사는 게 가능해?"

계획은 해담이와 준우에게만 알렸다. 해담이는 당연하게 받아들였다. 말라말라에서는 이미 많은 사람이 그러고 있었으니까. 그러나 준우는 달랐다. 준우에게 먹토 이야기는 빼고 말했는데도 무척이나 어이없어했다.

"다들 이렇게 한다니까."

"누가? 말도 안 돼. 너 그러다가 영양실조 걸려."

"영양제 먹을 거거든."

나도 다 생각이 있었다. 현재 키빼몸 111이다. 120, 개말라가 되기에도 갈 길이 멀었다. 100일 내내 굶을 수는 없으니, 일단 초기와 막바지에 굶기로 작전을 세웠다. 굶는 동안 쓰러지지 않기 위해서 영양제는 꼭 챙겨 먹을 것이다.

"그래도 급식이라도 먹으니 다행이다."

먹토한다는 것을 모르는 준우는 오늘 급식에 뭐가 나오는지 찾아보고 있었다. 오늘 메뉴는 맵닭볶음면에 볶음밥이었다. 아니, 아무리 중학생 입맛에 맞춘 식단이라지만, 맵닭볶음면은 너무했다. 내가 좋아하는 메뉴라서 더 야속했다. 맵닭볶음면은 마라탕, 맵떡과 더불어 인생 3대 음식으로 칠 수 있었다. 하지만 매운 음식을 먹고 토하는 일은 더 힘들었다. 목구멍을 할퀴는 느낌이랄까. 불쾌한 느낌이 더 강했고, 역류성 식도염으로 이어질 위험도 컸다. 웬만큼 매운 음식도 아니고, 맵닭볶음면 수준의 강도는 되도록 먹토를 피하고 싶었다.

"진짜 맛있다. 역시 전문가들! 내가 끓인 것보다 훨씬 맛있어!"

우리 학교 급식은 메뉴 선택이 탁월한 것은 물론이고 맛도 일품이었다. 하필 다이어트 기간에 이런 입맛에 딱 맞는 음식이라니. 감동과 함께 밀려오는 후회. 조금만 먹고 남기려고 했지만, 식판에 받은 것을 싹 비우고 말았다. 역시 오늘도 토하는 것밖에 답이 없었다.

"웩."

아무도 없는 화장실에 내가 토하는 소리가 퍼졌다. 목구멍으로 넘길 때도 쓰라렸던 매운맛이 도로 올라오자 더 쓰라렸다.

"웩."

변기를 채운 토사물. 보고 있는 것만으로 괴로워서 얼른 물을 내렸다. 오늘은 시원하다기보다 괴로웠다. 조금 전 토사물 사이로 보인 라면 조각들이 자꾸 생각났다.

"웩."

손가락도 안 넣었는데 저절로 또 구역질이 났다. 도대체 이게 뭐 하는 거지? 내가 왜 먹었을까. 어차피 다 오물 덩어리였다. 처음부터 먹지 않았다면 토할 일도 없었다.

너무 토해서 머리까지 아팠다. 속이 아프고 다리가 휘청거렸다. 입 안에서는 더러운 냄새가 남아 맴돌았다. 더 있다가는 악취가 온몸으로 스며들 것만 같아 물을 내리고 세면대로 뛰었다.

"더러워. 더러워."

입 안에 남은 오물을 물로 헹궈 뱉어 내고 칫솔에 치약을 쭉 짜서 양치를 시작했다. 처음부터 먹지 말았어야 할 그런 오물을 먹은 입을 닦아 내고 싶어서 이를 닦고 또 닦았다. 하지만 아무리 닦아도 냄새는 빠지지 않았다. 이미 입 안에는 어느 정도 스며든 것일까.

"여기서 뭐 해?"

양치를 한 번 더 하고 있는데, 지수가 불쑥 들어왔다.

"어? 뭐, 뭐하긴…."

"늘 여기서 양치하는 거였어? 점심시간마다 없어진다고 했더니만."

"여, 여기가 조용하잖아."

나는 억지로 웃었다. 지수가 뭔가 이상하다는 점을 발견할까 봐 조마조마해하면서.

"그렇긴 하지만……. 여기 냄새나잖아."

지수가 뜻밖의 말을 했다.

"냄새? 무슨 냄새?"

"몰랐어? 여기 언제부터인가 이상한 냄새가 나. 그래서 애들이 여기 얼씬도 안 하는 거잖아."

"그래?"

그러고 보니 이상했다. 잘 안 쓰는 화장실이라곤 하지만 여기를 드나드는 내내 애들과 마주친 일이 전혀 없었다.

"과학 쌤이 버려서는 안 되는 화학 물질을 마구 버려서 그렇다는 소문도 있고, 더 최악인 소문은 누가 사체를 훼손해서 여기에 유기했다는 이야기도 있어."

지수가 목소리를 낮췄다. 나는 어쩌면 정말 그런 냄새가 나는지도 모른다고 생각했다. 한 번도 사체 냄새를 맡은 적은 없지만, 내가 토해 낸 오물들이 쌓이고 쌓여서 그런 냄새를 만들어 내는 건 아닐까.

"좀 무섭지? 아마 냄새보다도 이제 무서워서 애들이 못

오는 걸걸."

"잘됐네."

나도 모르게 중얼거렸다. 지수가 이상한 눈으로 바라보다가 코를 틀어막았다.

"아, 또 냄새난다. 윽."

지수가 달아나듯 화장실에서 나갔다. 나는 아무리 맡아도 냄새를 맡을 수가 없었다. 스스로에게서 나는 냄새여서인지도 몰랐다. 자신의 체취는 잘 못 느낀다는 말을 들은 적이 있었다.

"설마."

지수가 더 의심하기 전에 서둘러 화장실을 빠져나왔다. 지수가 기다리고 있을 줄 알았는데, 뜻밖에 신우가 서 있었다. 문득 나는 신우가 그랬다는 생각이 들었다. 이유는 짐작이 안 갔지만, 그런 끔찍한 소문을 낼 만한 거짓말쟁이는 신우뿐이었다.

"너지? 사체 소문."

신우가 씩 웃었다.

"너 도와주려고."

"왜?"

그때 계단참에서 남자애들이 신우를 불렀다.

"신우야, 가자!"

신우는 곧바로 고개를 돌려 그 애들에게 가 버렸다. 아이들 사이에서 존재감이 없던 신우가 어느새 남자애들 사이에 중심이 되어 있었다. 차곡차곡 쌓아 올린 거짓말의 효과가 나타나고 있었다. 문득 유일하게 그 진실을 알고 있는 사람이 나라는 게 부담스러워졌다. 지난번에 내가 알고 있다는 것을 신우에게 직접 밝힌 일도 후회되었다. 원하는 바를 거짓말로 기어코 이루어 낸 신우는 만만하게 볼 상대가 아니었다.

그런데 왜 날 도와주는 걸까. 거짓말쟁이의 도움을 받았다는 생각에 기분이 나빠졌다. 그 소문 덕에 애들이 그 화장실에 얼씬 못하게 된 건 사실이었지만, 그런 끔찍한 소문을 이용했다는 것도 마음에 안 들었다.

거식증

맵닭볶음면을 먹토한 다음 날 이상한 일이 일어났다. 엄마가 차려 준 아침밥을 먹는 척 씹뱉하려는데, 그럴 것도 없이 식탁에 놓인 미역국을 보자마자 구역질이 났다.

"윽. 나, 잠깐만."

나를 바라보는 엄마에게 둘러대고 화장실로 달려갔다. 토사물이 목구멍까지 올라오는 느낌이었는데, 아무것도 나오지 않았다. 조금 전 미역국 냄새에 비위가 상한 것은 분명했다. 토했을 때 주렁주렁 나올 미역들이 눈에 선했다. 도저히 먹을 수가 없었다.

"엄마, 나 체했나 봐."

"뭐? 어제저녁에 뭐 먹었는데? 또 삼각김밥 먹었지?"

"어? 응."

사실 어제 저녁밥은 굶었다. 평소에 저녁은 학원 근처 편의점이나 분식점에서 간단히 사 먹는다. 엄마는 저녁을 대충 때우니 아침을 더 잘 먹어야 한다고 늘 국과 찌개, 밑반찬까지 빼먹지 않고 챙겼다. 나도 원래는 아침밥을 좋아했다. 수업 시간에 꼬르륵 소리가 나는 게 창피하기도 했고, 밥을 든든히 먹으면 머리가 좀 더 잘 돌아가는 것 같았다. 하지만 뼈말라 프로젝트를 위해서는 잔뜩 조여야 했다.

"아니, 얼마나 급히 먹었으면 체해. 기다려, 약 먹자."

아빠가 약장을 뒤적거렸다. 모두가 날 위해 움직인다고 생각하자 갑자기 짜증이 확 났다.

"필요 없어! 나 학교 갈게."

"그래도 약을 먹어야……."

"됐다고!"

목소리가 커졌다. 황당해하는 엄마와 아빠를 뒤로하고 방으로 들어와 책가방을 챙겼다. 일찍 학교에 가 버리는 게 더 마음이 편할 것만 같았다. 아침부터 이것저것 요리하느라 음식 냄새가 가득한 집에서 빨리 빠져나가고 싶기도 했다. 조금만 더 있다가는 정말 토할 것만 같았다.

"진짜 괜찮아?"

"병원 갈까?"

집을 나서는데 엄마 아빠의 걱정 어린 질문이 쏟아졌다. 속도 안 좋은데 자꾸 말을 시키니 짜증이 났다. 외동딸인 나는 늘 이런 과도한 염려에 둘러싸여 살았고, 가끔은 그게 짜증 났다. 그냥 내버려 뒀으면. 나는 대답 대신 현관문을 쾅 닫고 얼른 엘리베이터 버튼을 눌렀다. 현관문이 다시 열리는 소리가 났지만, 뒤도 안 돌아보고 마침 도착한 엘리베이터에 올랐다.

혼자가 되어서인지, 아니면 음식 냄새 속에서 빠져나와서인지 그제야 속이 좀 가라앉았다. 그러자 곧 속이 아파 왔다. 빈속에 위산이 한번 훑쓸고 가서 쓰라린 것 같았다.

"아, 진짜 아파."

타는 듯한 쓰라림에 절로 몸이 움츠러들어 겨우 엘리베이터에서 내렸다. 구부린 허리를 다시 펴기도 힘들었다. 텔레비전에서 쓰린 속에 퍼져 안 아프게 해 준다고 광고하는 제산제를 사 먹어 볼까 했지만, 혹시 약도 칼로리가 있을까 봐 걱정이 됐다.

혹시 약도 살쪄? 예솜

해담이에게 메시지를 보냈다. 이럴 때 소통할 사람은 해담이밖에 없었다. 다른 애들은 미친 소리 하지 말고 다이어트 그만하라고 할 게 뻔하니까 말이다.

해담 왜? 너도 제산제 먹게?

헉. 내 마음을 어떻게 알았지? 해담이가 독심술이라도 있나 싶어서 가만히 휴대폰 화면을 응시했다.

어떻게 알았어? 예솜

해담 나도 속 쓰려서 제산제 먹으려다가 의심한 적 있거든.
어쩐지 그거 칼로리 있을 거 같잖아.

맞아, 맞아! 뭔가 살찔 것 같이 생겼지? 예솜

해담 그래서 나도 알아봤는데 괜찮대. 약국가서 물어봄.

그래? 다행이다. 속 쓰려ㅠㅠ 예솜

해담 나도ㅜㅜ

역시 동지다. 해담이는 어제부터 초절식을 시작했다. 방울토마토만 먹겠다더니 물려서 계속 물을 마시는 중이라고 했다. 해담이가 없었다면, 어디 말할 데도 없고 답답해서 우울증에 걸렸을 거다. 해담이와 같은 팀이 되어서 다행이라는 생각이 들기 시작했다. 어느 정도 우정이 쌓여 의기투합하기에도 좋았다. 다만 걱정은 중간 점검이었다.

중간 점검은 2주 뒤였다. 말라소녀가 중간 점검은 영상으로 찍어 말라소녀 채널에 올릴 거라고 공지했다. 그날 말라소녀를 만나게 될는지는 모르지만, 확실한 것은 참가자 모두가 출연한다는 사실이었다. 중간 점검 날까지 짝에게 몸무게를 말하면 안 된다고 규칙을 정해 놓은 걸 보면, 그날 모든 것이 최초 공개되는 것이다. 아무래도 재미를 위해서인 것 같았다. 해담이는 88kg이라고 했다. 내가 자신보다 뚱뚱하다고 알고 있는 해담이가 나를 보면 어떤 얼굴을 할지 끔찍했다.

오늘 아침 잰 몸무게는 드디어 52kg이었다. 먹토한 효과가 분명히 있었다. 이 속도라면 내 꿈의 몸무게인 39kg도 불가능한 일이 아니었다.

"하, 속 쓰려."

사거리로 나가서 약국을 찾아봤지만, 아직 약국 문은 열지 않았다. 약을 사러 약국에 가 본 적이 없으니 몇 시에 문을 여는지도 몰랐다.

편의점에 가서 물어보니 제산제는 팔지 않는다는 답변만 돌아왔다. 하릴없이 우유로 속을 좀 채워 보려고 냉장고 쪽으로 갔다. 우유를 보자 그제야 우유도 칼로리가 있다는 것이 떠올랐다. 나는 우유갑을 이리저리 돌리며 칼로리 정보를 찾았다.

"100ml에 60kcal? 뭐야, 왜 이렇게 높아? 그럼 한 팩 다 마시면 120kcal라는 소리잖아?"

화들짝 놀라서 우유를 던지듯 내려놨다. 들고 있는 것만으로도 그 칼로리가 살로 다 갈 것만 같다고 할까.

"아, 무지방 우유!"

다행히 무지방 우유도 있었다. 100ml에 30kcal. 기대에는 못 미쳤지만, 그래도 일반 우유보다는 나았다.

편의점에서 계산을 마치고 나오자마자 우유에 빨대를 꽂았다. 제발 속쓰림을 잡아 주길 바라며 빨대로 한입 막 빠는데, 역한 냄새가 쑥 올라와 구역질이 났다. 속이 편해지기는커녕 더 울렁거리기 시작했다. 참을 수 없었다.

"퉤. 윽, 맛없어. 무지방 우유는 처음이라 그런가."

바로 뱉었는데도 입 안에 우유 맛이 남아 속이 너무 불편했다. 진짜 체했나? 요즘 늘 배가 고파서 먹고 싶은 게 많았는데, 참 이상했다. 평소라면 엄마가 끓여 준 미역국이 너무나 고소하고 향긋했을 것이다.

학교에서는 내내 책상에 엎드려 있어야 했다. 속이 너무 아프고 기운이 없었다. 보건실에 가서 제산제를 받아먹었지만 그래도 나아지지 않았다.

"너 급식 먹을 수 있겠어?"

지수가 안쓰러움이 가득 담긴 눈으로 물었다. 기운이 없어서 오늘만은 뭐라도 먹어 볼까 하는 생각이 잠깐 들었지만, 이내 마음을 다잡았다. 오늘은 먹토할 기운도 없었다. 아예 안 먹는 게 좋을 것 같았다.

"오늘 소고기뭇국이니까 국에 밥 말아서 죽처럼 먹어 보면 어때? 너 얼굴이 너무 새하얘."

지수가 왜 자꾸 먹을 걸 권하나 했더니 내 몰골이 너무 처참했던 모양이다. 그런데 국에 밥 말아 먹는 상상을 하니까 코끝에 뭇국 냄새가 훅 끼치더니 다시 구역질이 났다.

"윽. 나 화장실."

"괜찮아?"

지수가 따라붙을까 봐 재빨리 복도로 뛰어나갔다. 그리고 곧장 과학실 옆 화장실로 갔다. 습관처럼 맨 마지막 칸으로 들어가 변기 뚜껑을 열었다. 순간 지수가 말하던 그 냄새가 났다. 너무너무 지독하다고, 시체 썩는 냄새라고 소문난 그 냄새.

"욱."

먹은 게 없으니 멀건 물만 나오더니 초록색 액체가 나왔다. 평소보다 더 역겨운 냄새가 훅 끼쳤다. 초록색인 것도 기분 나빴다.

"이, 이게 뭐야. 나 죽을병 걸린 건 아니겠지?"

물을 내리고 나와 거울을 봤다. 내 얼굴이 너무나 핼쑥했다. 정말 지수 말대로 새하얗게 질린 얼굴. 눈은 불쑥 튀어나와 더 커 보였고 가죽만 남아 광대뼈가 더 도드라져 보였다. 너무나 가련하고 불쌍한 모습이었다.

순간 나는 아픔을 싹 잊어버리고 말았다. 웃음이 나왔다. 이게 바로 내가 원하던 모습이었다.

"바로 이거야."

아름다웠다. 말라소녀의 얼굴과 느낌이 흡사했다. 왜 몰랐을까. 말라말라 회원들이 이 이야기를 그렇게나 많이 했는데, 왜 몰랐지? 역시 사람은 직접 겪어 보지 않으면 모르는 거였다. 드디어 진정한 프로아나가 된 것이다. 말라말라에서는 다들 거식증이 축복받은 병이라고 했다. 이제 식탐으로 고생할 필요가 없었다.

"우아, 내가 거식증에 걸렸어."

나는 씩 웃었다. 거울 속의 핼쑥한 나도 웃었다. 그런데 뭔가 거울 속 나는 진짜 나 같지가 않았다. 방금 약간 시간 차이가 나게 움직인 것도 같았다. 나와 동시에 움직인 게 아니라 내가 하는 행동을 보고 귀신이 따라서…….

설마. 말도 안 됐다. 다시 한번 테스트해 보기로 하고 억지로 입꼬리를 올려 웃어 보았다. 거울 속 나도 웃었다.

방금 조금 늦었나? 왜 비웃는 것처럼 보이는 거지?

팔을 뻗었다. 거울을 만져 봐야 했다. 어쩌면 거기, 거울은 없는지도 몰랐다. 만약 정말 아무것도 없다면, 저기 서 있는 것은…… 손가락이 거의 거울에 닿으려고 할 때,

"여기 있었어?"

"악."

갑자기 지수가 나타났다. 놀라서 나도 깜짝 놀랄 만큼 크게 비명을 질러 버렸다.

"괜찮아?"

"어? 어."

"왜 여기 있어?"

"그냥. 어쩌다 보니깐."

지수는 무척이나 걱정스러운 표정이었지만, 더 캐묻지는 않았다. 언제부터인가 지수는 나를 찾아다녔고, 이 화장실에서 두 번이나 마주쳤다. 나는 수상하게 보이지 않으려고 일부러 웃으면서 말했다.

"나 여기 있는지 어떻게 알았어? 위치 추적이라도 했냐?"

"신우가 너 여기 있다던데?"

또 이신우. 내가 여길 드나든다는 것을 알고 화장실에 대한 괴소문을 퍼뜨린 아이.

"이신우가 다른 말은 안 해?"

"응. 내가 널 찾아다니는 걸 보더니 말해 줬어. 그런데 너 무슨 일 있어? 나한테 뭐 숨기는 거 있지?"

"아, 아냐."

지수가 조금만 더 물어보면 다 말해 버릴 것만 같았다. 내가 얼마나 힘든지, 살을 빼느라 얼마나 괴로운지. 그리고 얼마나 두려운지. 그러나 살이 안 찌는 체질인 지수가 나를 이해할 리 없었다. 말라말라 회원이라면 우리가 외부에서 얼마나 괴상하고 유별나게 여겨지는지 잘 알았다. 살이 찐다는 것에 대한 공포를 지수가 과연 얼마만큼 이해해 줄까.

"너 단단히 체했나 봐."

지수는 내 속도 모르고, 걱정뿐이었다. 나는 교실에 가서 쉬어야겠다고 둘러댔다. 교실에서는 신우가 남자아이들에게 둘러싸여 웃고 있었다. 또 무슨 거짓말을 하고 있는 걸까. 축구 선수 김지석? 배우 이세경? 아니면 국회의원 백상철? 그것도 아니면 또 말라소녀 최사라? 저 애들이 신우의 모든 것이 거짓말인 것을 깨닫게 되면 어떻게 될까?

거짓말의 대가가 어떤 것일지, 신우는 알까? 신우를 좋아하지는 않았지만, 그렇다고 해서 신우가 대가를 치르는 상황을 보고 싶지도 않았다. 처참한 그 모습에 나 자신을 투영하게 될 게 뻔했다. 거짓말쟁이는 신우뿐만이 아니라는 것을, 누구보다 내가 잘 알았다.

프로아나

짧은 여름 방학이었지만 더위는 길었다. 더위도 거식증에 영향을 주는지 음식에 대한 흥미가 아예 뚝 떨어졌다. 예전에는 주린 배를 잡고 햄버거, 치킨, 피자, 삼겹살…… 갖은 기름진 음식들을 떠올리며 괴로워했다. 그러나 이제 그런 음식을 상상만 해도 속이 느글거리고 토할 것 같았다.

배가 고프면 물을 마셨다. 물은 살 빠지는 데도 도움을 주니까 기꺼이 마셔야 한다. 하지만 어느 때는 물에서도 냄새가 나는 것 같고 역겨웠다.

나는 아침저녁으로 체중계에 올라갔다. 매일 살이 쭉쭉 빠지는 게 눈으로 보이니까 정말 기뻤다. 이래서 다들 거식증에 걸리고 싶어 하는 거겠지. 속은 아팠지만 식욕이 없고 음식 냄새가 역해서 먹고 싶은 것을 참을 필요가 없었다.

"이거 진짜 편한데?"

거식증 정말 대박인 듯. 예솜

해담 부럽다아아!

어디 가서 거식증 걸린 것을 자랑한다면, 이해는커녕 비난만 돌아올 것이다. 역시 내 마음을 알아주는 건 해담이뿐이었다. 해담이 반응이 진심이라는 것을 잘 알고 있었다. 가장 빠른 다이어트는 굶는 것뿐이었다. 해담이도 그걸 알아서 내가 거식증에 걸린 게 부러울 것이다. 식욕과 싸우는 게 지겹다고 했다. 그러면서도 내 친구이자 동료로서 진심으로 나를 축하해 주고 위로해 주었다.

해담 너 칼로리 일기 쓰고 있어?

일기? 예솜

해담 〈 그거 정말 도움 되거든.

종일 먹은 음식 칼로리 적으면 되는 거야? 〉 예솜

해담 〈 난 거기에 느낀 점이나 후회되는 점도 같이 적어. 반성해야 하니까. 요즘 500kcal 이하로 먹으려고 노력하는데 잘 안되네.

오, 고마워. 나도 해 볼게. 〉 예솜

한 번도 이렇게 바로바로 소통하면서 다이어트를 해 본 적이 없었다. 말라말라에 글을 올려 위로받고, 그곳에서 나와 비슷한 사람들이 있다는 것만으로도 위안이었지만, 같은 '팀'이라는 느낌은 아니었다.

뼈말라 프로젝트에 선정된 덕분에 해담이를 더 잘 알게 되었고, 같은 목표로 달려갈 수 있게 되었다. 역시 말라소녀. 내가 말소 님으로 모실 이유는 충분했다.

해담 〈 그런데 너 이렇게 살 쭉쭉 빠져서 반 토막 되는 거 아님? 나만 뚱뚱한 건 조금 슬픈데. 우엥.

해담이가 장난스럽게 한 말에 머리가 아파 왔다. 내 거짓말에 상처 입을 거라는 건 너무나 자명했다. 진심으로 날 위해서 칼로리 일기를 써 보라는 조언까지 해 주는 친구를 나는 계속 속이고 있었다.

아침: 씹뱉 (0kcal)

점심: 밥, 반찬은 두부만 (100kcal 정도?)

저녁: 입맛 없어서 (0kcal)

칼로리 일기를 쓰려니, 막상 쓸 게 없었다. 아침에는 꾸준하게 씹뱉을 했다. 엄마도 출근 준비를 하느라 내가 먹는 것을 지켜보진 않았다. 요즘에는 입맛이 없어서 급식도 억지로 먹다가 말았다.

살이 빠지는 게 즐거워서 힘들다는 생각은 전혀 들지 않았다. 그냥 안 먹는, 사실은 넘어가지 않아서 못 먹는 거지만 그 정도는 감수할 수 있었다.

하지만 며칠 뒤, 술술 잘 풀린다고 생각했던 일들이 사실은 그게 아니었다는 것을 알았다.

"악."

씻고 나서 무심코 머리를 빗어 내렸는데, 머리빗에 머리카락이 한 줌 가득 걸려 있었다. 놀라 손으로 쓸어내려 보니 또 한 줌이 빠져나왔다.

"헉."

서둘러 거울 앞으로 달려가 머리를 매만져 봤다. 정수리 곳곳이 비어 있는 느낌이 났다.

"이게 뭐야."

머리카락을 질끈 묶어서 겨우 머리가 빠진 곳을 가렸다. 머리를 묶으려고 머리카락을 모을 때 전과는 숱이 다르다는 게 확연히 느껴졌다. 휴대폰을 꺼내 검색하는데, 손이 달달 떨렸다. 이대로 대머리가 되는 건 아닌지, 다른 병까지 얻는 건 아닌지 무서웠다.

거식증 탈모

아니나 다를까 좌르르 나오는 자료들. 빈혈이라거나 여러 가지 부작용이 있다는 건 알고 있었지만, 탈모까지 온다는 것은 미처 생각지 못한 부분이었다. 열다섯에 탈모라니.

탈모에 좋은 음식

"콩?"

콩, 특히 검은콩이 좋다는 검색 결과가 뜨자 자동으로 다음 검색어가 정해졌다.

검은콩 칼로리

검색 결과에 나는 너무 놀랐다. 보통 탈모를 방지하려고 먹는 검은콩볶음 100g이 390kcal였다.

이건 아니었다.

"하, 어떻게 하지."

다이어트 끝나고 거식증 치료하면 다시 자랄까? 앞으로 두 달 정도만 버티면 뼈말라 프로젝트도 끝이었다. 지금 포기하는 것은 말도 안 됐다.

"뼈말라 프로젝트 끝나기도 전에 대머리가 되는 건 아니겠지?"

인터넷에서 탈모약 광고를 본 기억이 났다. 약은 칼로리가 없다니까, 먹을 수 있었다. 집 앞 단골 약국에 가려다가 발길을 돌렸다. 어릴 때부터 다닌 곳이라 약사님은 우리 가족을 다 알았다. 내가 탈모약을 사면 엄마 귀에 들어가는 일은 시간문제였다. 그러면 엄마에게 다이어트를 들키게 되고, 난리가 날 것이다. 가뜩이나 요즘 내가 살이 너무 빠졌다며 보양식을 먹여야겠다고 하던 차였다.

학원에 문제집을 두고 왔다고 하고 학원 근처 약국에 다녀오기로 했다. 거기 약국은 열한 시까지 하니까, 지금 가기에도 좋았다.

그냥 탈모약 달라고 하면 되는 걸까? 엄마가 먹을 거라고 할까? 아빠? 아니다. 남자랑 여자랑 약이 다를지도 몰랐다. 나이에 따라 다르면 어떻게 하지? 그냥 내가 학업 스트레스 때문에 탈모가 온 것 같다고 할까?

별의별 시뮬레이션을 생각하면서 약국에 도착했다. 하필 학원 끝날 시간이 되어서 애들이 밀려 나오고 있었다. 약국에서 마주칠 일은 없겠지만, 혹시나 누가 알아볼까 봐 모자를 눌러썼다. 아이들이 약국 앞을 우르르 지나갔다. 애들이 안 보일 때까지 잠시 약국 안을 둘러보기로 했다.

몰래 밖을 살펴보다가 눈에 익은 애를 발견했다. 준우였다. 가장 오래된 내 친구가 인파 속에 있는 모습을 보니 더 반가운 마음이 들었다. 준우에게 알은척할까 말까, 고민하는 사이에 다른 사람에게 가려졌던 준우의 일행이 보였다.

순간 나는 얼어붙어 버렸다. 예상 밖의 사람이 준우 옆에 찰싹 붙어 있었다.

"지수가 왜……."

학원 끝나면 늘 혼자 가 버린다던 지수가 왜 저기 서서 웃고 있는 걸까. 그것도 준우와 손을 잡고…….

그래서 준우는 지수가 글을 잘 쓴다는 걸 알고 있던 것이다. 기분이 너무 이상했다. 둘이 친하든 말든 여태까지는 상관없었다. 하지만 둘이 손잡고 마주 웃는 모습을 본 순간 나는 세상에 내동댕이쳐진 기분이었다. 가장 친하다고 생각했던 두 사람이 나에게 거짓말을 했다. 믿을 수 없었다. 배신감에 몸이 다 떨렸다.

뭐해? 예솜

떨리는 손으로 준우와 지수에게 동시에 메시지를 보냈다. 늘 그들이 학원 끝나는 시간쯤에 메시지를 보내서 심심하다고 징징거렸기 때문에 새삼스러운 일도 아니었다.

준우 〈 학원 끝나서 집에 감.

준우는 바로 대답하긴 했지만, 여전히 지수를 만나고 있다는 일은 숨겼다. 지수는 휴대폰을 슬쩍 꺼내 보더니 내 메시지를 읽지 않았다.

둘이 동시에 보고 동시에 대답하면 거짓말이 들통이라도 날까 봐 그런 건가. 그러고 보니 매번 그랬다. 준우는 곧바로 답장했지만, 지수는 한참이 지나서야 답장을 했다. 그냥 피곤해서 집에 가서 연락하는 스타일인가보다, 대수롭지 않게 여겨 왔다.

나 오늘 기분 안 좋음. 〉 예솜

준우 〈 왜? 무슨 일 있었어?

그냥 우울. 잠깐 볼까? 〉 예솜

진짜 만나고 싶은 생각은 없었다. 아무리 방학이라지만,

밤 열 시에 만나자고 한 적은 한 번도 없었다. 내가 평소와 다르다는 걸 알고 이쯤에서 준우가 눈치채 주길 바랐다. 그러나 준우는 끝까지 거짓말이었다.

준우 아, 나 오늘 엄마가 데리러 와서 바로 가야 함.

"야!"

나도 모르게 소리쳤다. 약사님이 나를 힐끗 봤다. 지금 길 건너편에서 준우가 지수와 서 있다는 게 원망스러웠다. 아무리 주위를 둘러봐도 준우 엄마는 보이지 않았다.

당혹스러움이 점차 분노로 바뀌었다. 준우와 지수는 이런 내 기분도 모른 채 둘이 손을 잡고 멀리 사라졌다. 형언할 수 없는 감정이 온몸에 차올랐다. 오랜 세월 내 곁을 지켜 주던 친구 준우와 단짝 지수가 동시에 나를 배신한 현장을 목격한 것이다.

약국에서 뛰쳐나가 아주 빠른 걸음으로 집으로 뚜벅뚜벅 걸어갔다. 집에 거의 다 오고 나서야 탈모약을 사지 않은 것을 깨달았다.

"아유, 진짜!"

다시 돌아가기는 싫었다. 혹시라도 길에서 서성이다가 준우와 지수랑 마주치기라도 하면 표정 관리가 안 될 것만 같았다. 그들에게 나는 도대체 뭘까? 튼튼하다고 의심치 않던 집이 무너져 내리면서 매몰된 기분이었다.

"어떻게 나한테 이럴 수가……."

눈물이 났다. 무의식중에 머리를 쓸어내렸더니 또 머리카락이 한 줌 딸려 나왔다. 너무 절망적이었다. 나는 무너지고 있었고, 혼자였다. 다 싫고 다 미웠다.

오늘은 좀 슬퍼. 힘들어. 예솜

해담 나도 오늘은 우울한 밤. 그러나 이번 프로젝트로 살 많이 뺄 수 있을 거라고 기대해. 너도 힘내.

사실 너에게 할 말이 있어. 예솜

충동적으로 말해 놓고 주저했다. 해담이도 내가 한 거짓말에 배신감을 느낄 걸 생각하니 눈물이 더 났다. 말하긴 해야겠는데, 오늘은 도저히 고백할 용기가 안 났다. 긁힌

상처로 온몸이 따가웠다.

해담 < 무슨 말?

아, 내일 말해 줄게. 나 오늘 너무 힘들거든. 진짜. > 예솜

해담 < 알았어. 내일 말해도 돼. 무슨 말인지 모르지만, 널 더 힘들게 하고 싶지 않으니까.

고마워. > 예솜

진심으로 고마웠다. 해담이는 정말 좋은 애였다. 힘들다며 자살하겠다고 올렸던 그 글이 싹 잊힐 정도로 괜찮은 애라는 생각이 들었다.

다만 다음날 내가 진실을 잘 고백할 수 있을지 확신이 들지 않았다. 만약 내 고백에 충격받은 해담이가 절교하자고 한다면 견디기 힘들 것 같았다. 그리고 못되게도 뼈말라 프로젝트가 걱정되었다. 지금 뼈말라 프로젝트에서 하차하면 말라소녀를 못 만나게 된다.

나는 빠진 머리카락 한 줌을 한참 손에 쥐고 있었다. 저절로 빠져 버린 머리카락조차도 차마 버리지 못할 만큼 나는 어떤 선택도 하기 힘든 상태였다.

중간 점검

3주간의 여름 방학은 빠르게 지나갔다. 뼈말라 프로젝트 시작일로부터 정확히 40일 뒤에 하는 중간 점검 날이 다가왔다.

결국 나는 해담이에게 고백하지 못했다. 해담이는 다음 날 할 말이 뭐였느냐고 물어 왔지만, 내가 말을 돌리자 더 묻지 않았다. 지금 말을 꺼내면 우리 팀은 깨질 것이고 중간 점검에 참석할 수도 없었다.

뼈말라 프로젝트를 이어 가고 싶은 마음이 진실을 말하고 싶은 마음을 이겼다. 그만큼 내 양심은 하찮았나 보다.

난 널 진짜 좋은 친구라고 생각하고 있어. 예솜

해담 나도. 지금 나한테 네가 가장 친한 친구야.

그러면 날 믿어 줄래? 내가 어떤 짓을 해도 날 믿어 줘. 예솜

해담 당연하지. 우리는 베프잖아!

해담이는 해맑게 대답해 주었지만, 나는 간절했다. 내 진짜 모습을 보고 화를 내는 해담이 모습이 꿈에서도 나올 만큼 자꾸 떠올랐다. 하지만 이미 거짓말을 해 버렸고, 메시지보다는 직접 만나서 해명하는 게 더 좋을 것 같았다. 잘못을 바로잡는 일이니 얼굴을 보고 말하는 게 예의기도 했다.

나는 살이 빠져서 옷을 다시 사야 한다고 엄마를 졸라서 새 옷을 샀다. 물론 엄마에게는 새 옷을 보여 주지 않았다. 오버핏 반팔 티셔츠는 전과 달리 너무 헐렁해서 원피스처럼 보일 정도였다. 마음에 쏙 들었다. 말라소녀만큼은 아니지만, 내가 상상한 핏이 제법 나왔다.

다 거식증 덕분이었다. 기운이 없고 어지럽고 한 입만 먹어도 속이 울렁거렸지만 참을 만했다. 하지만 밤마다 기분이 가라앉고 이유 없이 눈물이 나는 것은 어쩔 수 없었다.

어느새 개학 날이 되었다. 잠도 제대로 못 자고 퉁퉁 부은 눈으로 학교에 갔더니, 지수가 깜짝 놀랐다.

“너 진짜 어디 아픈 거 아니야? 살도 엄청 많이 빠졌어.”

나는 그날 학원 앞에서 본 걸 지수와 준우에게 말하지 않았다. 내 속에서만 그 애들을 조금씩 지워 나가고 있었다. 눈치 빠른 지수는 내가 뭔가 기분 상한 게 있다는 낌새를 챈 듯했다. 방학 동안은 학원 특강을 듣는다거나 친척 집에 간다는 둥 이리저리 둘러대서 만남을 피해 왔다. 그러다가 학교에서 대면하니 바로 들켜 버렸다.

“무슨 일인지 말 좀 해 봐. 나한테 못 할 말이 뭐가 있어?”

“뭐가?”

그래. 못 할 말이 없지. 그러는 너는 왜 날 속였는데? 아무렇지도 않은 척하려고 했는데, 퉁명스러운 목소리가 튀어나왔다. 내 목소리는 마치 다른 사람 목소리처럼 들렸다. 신물이 자꾸 올라와서 목이 칼칼해진 탓일까? 목소리가 전보다 좀 걸걸해진 것도 같았다.

“열은 없어?”

지수가 내 이마에 손을 올리려고 하자 더 참을 수 없었다. 지수를 힘껏 밀쳐 냈다.

“저리 가!”

힘껏 밀쳤다고 생각했는데, 타인에게 타격이 갈 만큼 강한 힘이 나에겐 없었다. 나는 너무나 약해졌다. 내가 바란 것이긴 하지만, 막상 힘의 차이를 느끼자 당황스러웠다.

지수가 놀라 나를 바라봤다.

“괜찮아?”

순간 나를 염려하는 지수에게 더 짜증이 났다. 내 속도 모르면서 착한 척, 여전히 단짝 친구처럼 군다는 것이.

“안 괜찮아.”

“그러니까 나한테 말 좀 하라니까.”

애걸복걸하는 걸 보니 더 말하기 싫어졌다. 찔리는 게 있으면서 먼저 실토하지 않는 지수가 밉기도 했다. 준우 역시 마찬가지였다. 쌀쌀맞아진 내 눈치를 살살 보면서도 털어놓지 않았다. 거짓말쟁이들. 여름 방학이 짧긴 했지만, 내내 못 만난 걸 이상하게 여길 법도 한데 아무 말도 없었다. 오늘 아침 등굣길에도 내가 얼음장 같으니까 괜히 시답잖은 농담을 하며 주위를 뱅뱅 맴돌았다.

이제 다 필요 없었다. 나에게 그 애들은 이제 진짜 친구가 아니었다.

녹화는 토요일 아침 열한 시였다. 뼈말라 프로젝트 참가자 중 학생이 많아서 일부러 날짜를 그렇게 잡았다고 했다. 다행히 우리 집에서 멀지 않은 곳이어서 혼자 버스를 타고 갔다.

스튜디오라는 곳에 처음 가 본 나는 모든 게 새로웠다. 빙 둘러 의자가 놓여 있고, 가운데 말라소녀가 앉을 것으로 보이는 일 인용 소파가 놓여 있었다. 다른 사람들도 몇몇은 벌써 와 있었다. 대부분 여자였다. 어딘가에 해담이가 있을까, 이리저리 살폈다. 어제 해담이가 중간 점검 방송에 나가기 전에 사진을 교환하자고 했지만, 미리 모습을 공개하는 것을 금지한 뼈말라 프로젝트 규칙을 어기기 싫다고 둘러대며 거절했다.

내가 자기를 일부러 속였다고 오해할까? 이번에 열심히 빼서 개말라가 돼 간다고 말했어야 했나. 100kg이 40일 만에 46kg이 되는 것은 말도 안 되는 일이었다. 10kg 감량도 엄청난 노력으로 이룬 일인데.

이미 엎질러진 물이었다. 지금 걱정해 봤자 달라지는 건 없었다. 스튜디오에 와 있는 사람 중에도 아주 뚱뚱한 사람은 거의 없었다. 그냥 평범한 사람들. 사실 뼈말라를 원하는 사람 대부분이 정상 체중이었다. 그러나 우리 기준으로 정상 체중은 뚱뚱함의 범주에 들었다. 정상 체중을 치욕스럽게 여겼다. 저체중이 보기에 좋았다. 아이돌 체형만 봐도 사람들은 마른 것에서 매력을 느끼는 게 분명했다.

"어머, 안녕하떼요."

혀짧은 익숙한 목소리가 스튜디오로 들어왔다. 말라소녀였다.

"와."

짧은 감탄사 말고는 그 어떤 다른 말도 나오지 않았다. 실물로 본 말라소녀는 화면보다 더 말랐고 더 키가 컸다.

"언니."

겨우 쥐어짜서 나온 말이 언니라니. 그래도 들었는지 내 쪽을 향해 살짝 웃어 주었다.

"저 준비 좀 하고 올게요. 모두 이따 봐요!"

말라소녀는 인사만 하고 다시 나갔다. 사인받고 사진도

찍었어야 했다는 걸, 뒤늦게 깨달았다. 이따가 출연자 스무 명이 다 오면 복잡해서 개인 사진은 찍지 못할 것 같았다. 나는 얼른 말라소녀가 사라진 방향을 뒤따랐다.

"아, 짜증 나. 똑바로 안 해?"

말라소녀 목소리가 복도까지 새어 나왔다. 대기실 문이 다 닫히지 않은 모양이었다. 말라소녀 목소리가 분명했는데, 귀여운 혀짧은 발음이 아니어서 순간 다른 사람인가 했다. 그런데.

"사람들 다 왔다며? 그래서 내가 인사 한번 해야 한다며? 그런데 몇 명밖에 없잖아. 그럼 다 오면 내가 또 인사하러 가야 해? 일 이렇게밖에 못해? 에이 씨."

뭔가를 탁자로 던지는 소리가 났다. 아까부터 말라소녀 옆을 따르던 매니저 목소리가 들렸다.

"미안해. 내가 잘못했어. 나도 다 온 줄 알았어. 피곤하게 해서 미안하다. 정말."

"알면 앞으로 잘해. 짜증 나게 하지 말고. 당신 대형 기획사 매니저라며. 그런데 이런 것도 하나 제대로 못 해?"

말라소녀는 겨우 열여섯 살인데, 한참 나이 많아 보이는 매니저를 당신이라고 불렀다. 내가 알던 말라소녀 이미지와 너무 달랐다. 유튜브 콘텐츠 속 말라소녀는 일면식이 없더라도 길에서 무거운 짐을 든 할머니를 만나면 그냥 지나치지 않을 것 같은 착하고 예의 바른 언니였다.

"프로젝트 망치면 안 되니까 기분 풀어. 이번 건 중요한 거 알잖아."

매니저는 말라소녀를 달래려고 노력하고 있었다. 그런데 또 뭔가를 던지는 소리가 났다.

"나도 알아. 내가 더 잘 안다고! 아, 말라소녀 진짜 지긋지긋해. 뼈말라 프로젝트 끝내 버리고 빨리 그만두고 싶어. 처음부터 누가 이딴 걸 홍보랍시고 기획한 거야?"

"알았어, 알았어. 그래도 유튜브가 생각보다 너무 잘됐잖아. 광고 수익이 얼만데. 이제 거의 끝났어. 이거 대박 터뜨리고 멋지게 끝내자. 그래야 데뷔도 제대로 하지."

매니저가 계속 말라소녀를 달랬다. 충격이었다. 말라소녀가 매니저를 대하는 태도도 그렇지만, 자기 채널에 애정이 전혀 없어 보인다는 게 더 충격이었다.

내가 그렇게 사랑한 채널이 사실은 그저 홍보 수단이었다니. 게다가 워너비로 여겼던 말소 님은 콘텐츠 만드는 일 자체를 지겨워하고 있었다. 살을 빼고 싶어 하는 우리에게 공감해 주고 우리를 위해 예쁜 옷을 소개해 주는 언니의 모습은 허상이었다. 그동안 정보 공유라며 소개해 주던 옷들은 협찬으로 돈을 버는 수단이었고, 인기를 모아 데뷔하려는 아이돌 연습생일 뿐이었다. 나는 그동안 아이돌 연습생의 이미지 관리를 위한 아주 긴 홍보 영상을 시청했던 것이다.

얼떨떨해져서는 스튜디오로 돌아왔다. 준비된 좌석 한쪽에 풀썩 주저앉고 보니 현실이 믿기지 않아 눈물이 나올 것만 같았다. 나의 말라소녀 님이, 우리를 말란이라고 불러 주고, 비록 혀는 짧지만 말투가 귀여워 우리가 사랑했던 언니는 사실 다른 얼굴을 가지고 있었다.

"예, 안녕하떼요, 말란이 여러분! 말라소녀예요!"

멍하니 있다 보니 어느새 녹화가 시작됐다. 가녀린 어깨를 드러낸 크롭 티셔츠를 입은 말라소녀가 깡마른 손을 흔들며 환하게 웃었다. 아까 화를 내던 모습과는 너무나 다른 모습에 조금 전 일이 나의 착각이거나 꿈이었던 것처럼 느껴졌다.

"뼈말라 프로젝트! 오늘 그 스무 명의 주인공을 모셨는데요. 다들 자기 짝의 닉네임과 연락처만 알뿐 얼굴도 모르는 상태! 오늘 이렇게 소개해 드리게 되어 영광이에요. 저희가 아직 만나면 안 되고 온라인 대화만 된다고 말씀드렸는데, 설마 미리 몰래 만나신 분 계신 건 아니죵?"

말라소녀의 애교 섞인 말에 모두 와하하 웃음을 터뜨렸다. 나만 빼고. 난 정말 웃을 기분이 아니었다.

"그러면 지금부터 어떤 분이 어떤 닉네임의 그분인지 한 명씩 발표해 볼까요? 제가 살짝 듣기론 벌써 많이 감량하신 분이 많대요. 참가 신청할 때 보내 주신 동영상하고도 얼굴이 확 다르다는 말씀! 자 그러면……."

갑자기 머리가 핑 돌았다. 말라소녀의 목소리가 점점 멀어져 갔다. 귀여운 척하는 저 목소리. 저것도 가짜였다. 혀가 짧지만, 난 그 점마저 좋게 생각했다. 그러나 그것조차 꾸며진 모습이었다. 일분일초도 막 찍지 않고 말란이들을 위해서 영상에 공을 들이고 있다는 말도 거짓말. 난 정말 거짓말이 싫었다. 나의 애정이 깡그리 무시되고 아무것도 아닌 것이 되어 버렸다.

"예스코튼 님? 예스코튼 님, 안 계신가요?"

희미한 목소리. 말라소녀의 목소리가 내 생각의 틈을 비집고 들어왔다.

"예? 저요! 저예요!"

"아, 에스코튼 님이시군요! 잠깐 조셨어요? 히히. 저랑 스태프 언니랑 본 접수 동영상에서도 날씬하고 예쁘셨는데, 그때보다 많이 빼신 거 같아요! 너무 예쁘시다! 반면 우리 짝 담담 님은 한참 분발하셔야겠어요. 여태까지 너무 많이 드신 것 같아요?"

말라소녀가 말하자 거기 있는 사람 모두가 웃었다. 나만 빼고. 갑자기 꿈에서 깨어난 듯 정신이 확 들었다. 박해담! 나의 친구. 말라소녀 사건이 너무 충격적이어서 해담이에게 내 모습을 드러내게 된 일을 까맣게 잊고 있었다.

"담담 님, 뚱뚱한 걸 뚱뚱하다고 한 거니까 기분 나쁘지 않으시죠? 우리 말란이들, 깡말라 예뻐지면 좋으니까 제가 조언해 주는 거예요. 그러면 에스코튼 님, 담담 님은 감격의 포옹 부탁드려요!"

말라소녀가 가리킨 방향으로 고개를 돌려보니 한 여자애가 놀란 눈으로 나를 보고 서 있었다. 커다란 눈에 볼살이 귀여운 애였다. 내가 딴생각하는 사이 해담이가 먼저 호명되어 서 있었다. 해담이는 나를 보고 무척 당황했다. 눈빛이 정신없이 흔들리는 게 멀리서도 보일 정도였다.

'왜? 왜 네가 에스코트이야?' 말은 안 했지만, 해담이 눈이 정확히 그렇게 묻고 있었다. 내가 매일 살 때문에 미쳐버릴 것만 같다고 징징거렸으니, 당연히 100kg에 가깝다는 거짓말을 의심하지 않았을 것이다. 해담이는 70kg대 정도로 보였다. 처음에 88kg이라고 했으니, 그동안 살을 열심히 뺀 것이다. 그런데 지원서도 제대로 읽어 보지 않았는지 말라소녀는 해담이를 웃음거리로 만들었다. 한껏 놀려 놓고 기분까지 강요하다니, 무례했다. 대기실 앞에서 들었던 매니저를 대하는 태도만큼이나 불순하고 건방졌다.

"뭐 하고 계세요? 혹시 짝이 마음에 안 드시나요? 에이, 우리 예쁜 에스코트 님이 먼저 안아 주세요."

멍하니 서 있다가 말라소녀가 시키는 대로 주춤주춤 다가가자, 해담이의 놀란 얼굴이 순식간에 굳어 버렸다. 그리고 내 포옹을 뻣뻣한 몸으로 그냥 받았다. 아무 말도 안 했지만, 무척 화가 난 것을 느낄 수가 있었다.

"미안해."

껴안는 순간 나는 작은 소리로 속삭였다. 그런데 해담이는 대답하지 않았다.

그렇게 녹화는 끝났다. 우리는 녹화 내내 별말을 하지

않고, 말라소녀가 던진 질문에도 단답형으로 대답했다. 분명 죄다 편집되어 버릴 게 뻔했다. 아쉽지는 않았다. 내 몫의 분량이 줄었지만, 제대로 참여하지 못한 데 대한 타격감은 없었다. 앞서 겪은 두 사건이 이미 나에게 치명타였다.

해담 왜 그랬어? 이 거짓말쟁이.

해담이에게서 메시지가 와 있었다. 녹화가 끝나자마자 해담이가 휙 뒤돌아 빠른 속도로 나가 버리는 바람에 얘기할 틈도 없었다. 내 얼굴을 다시 보기가 괴로웠을 것이다. 다른 팀이 둘씩 모여 이야기 나누는 모습을 보면서 나는 내가 한 짓이 얼마나 끔찍한지 다시 한번 깨달았다.

해담이는 그동안 내가 진심으로 해 주던 위로들도 다 가짜였다고 생각할 것이다. 모두 거짓으로 치부되어 갈기갈기 찢겨 쓰레기통으로 처박혀 버렸다. 우리의 시간도 전부 다. 한 가지 거짓말이 진심까지 다 집어삼켰다.

조금 전까지 내가 말라소녀에게 이용당한 피해자라고 생각한 게 무색할 정도로 나도 똑같은 짓을 한 사람이 되어 버렸다.

미안해. 처음에는 널 위로하려고 얼떨결에 거짓말한 건데,
어쩌다 보니 계속 사실대로 말하지 못했어. 예솜

해담 그럴겠지. 하지만 넌 계속 날 비웃었을 거야.

아니야. 오해하지 마. 나는 정말 널 좋아했어.
살 빼고 싶은 마음도 진심이었고. 예솜

해담 오늘 나온 사람들 다 내 기준에서는 날씬했어. 다들
내가 얼마나 한심해 보였을까. 너도 그랬겠지. 난 널 진짜
친구라고 생각했는데. 정말 죽고 싶어.

"안 돼. 아니야."

나는 얼른 해담이에게 전화를 걸었다. 신호음은 계속 갔지만 받지 않았다. 조금 뒤 다시 거니 전화기가 꺼져 있다는 안내가 돌아왔다.

무서웠다. 해담이가 처음 말라말라에 올린 글이 떠올랐다. 그때처럼 다시 자살을 생각하면 어떡하지?

말라말라 커뮤니티에 들어가 봤다. 연락이 안 되니 다른

흔적이라도 찾아봐야 했다. 뚱담이라는 닉네임으로 올린 게시글이나 댓글은 모두 뼈말라 프로젝트 시작 전이었다.

"해담아……."

모든 게 끝난 기분이었다. 적어도 우리 둘의 우정은 산산조각이 났다.

밤새 잠을 이룰 수 없었다. 수시로 전화를 걸어 봤지만, 전화기는 계속 꺼져 있었다. 차라리 나에게 벌을 주려고 일부러 이러는 거라면 좋겠다고 생각했다. 해담이에게 무슨 일이 생긴다면, 정말 나는 나를 용서할 수 없을 것 같았다.

"무슨 일이 있으면 해담이 휴대폰에 남아 있는 최근 연락처로 연락이 올 거야. 내가 바로 알 수 있어. 그래, 그럴 거야."

애써 긍정적으로 생각하려고 했지만, 따져 보면 다 말도 안 되는 생각이었다. 만약 새벽 시간에 해담이 부모님이 해담이가 어떻게 된 걸 모른다면…….

난 진심이었어. 믿어 줘. 예솜

정말 네가 죽을까 봐 급해서 거짓말을 했던 거야. 예솜

너랑 현실에서도 친구가 되고 싶었어. 제발 연락 좀 해 줘. 예솜

미안해. 휴대폰 켜면 전화 좀 해 줘. 예솜

대화 좀 하자. 예솜

나쁜 생각하지 마. 제발. 예솜

폭식

다음 날, 해담이가 메시지를 읽었다는 것을 확인했다. 하지만 며칠이 지나도 답장은 오지 않았다. 가끔 전화를 걸어 보면 휴대폰이 켜져 있을 때도 있었다. 비록 내 전화를 받지는 않았지만, 그것만으로 안도가 됐다. 나는 가끔씩 메시지를 보냈다.

네 마음 풀리면 연락 줘. 난 너랑 진짜 친구가 되고 싶어. 예솜

"오늘 네가 좋아하는 부대찌개다."

급식실에서 지수가 슬쩍 옆에 앉으며 말을 걸었다. 지수

가 내 쪽으로 다가오는 것을 봤을 때만 해도 아직 지수에게 마음이 풀리지 않은 상태라 차갑게 무시하려고 했다. 여태까지 계속 내가 무시하는데도 지수는 자꾸 곁에 다가왔다. 아무 말 안 하고 그냥 있기도 했고, 날씨 같은 시시콜콜한 이야기를 혼자 하기도 했다. 나는 늘 심드렁하니 밥을 먹는 척만 했다.

그런데 그날은 달랐다. 지수가 내 옆에 앉는 순간 목구멍이 맵더니 눈물이 나오려고 했다. 나는 침을 꿀꺽 삼키고 눈을 깜빡여서 애써 울음을 참았다.

"오늘은 잘 먹네? 그래. 좀 먹어라."

하마터면 눈물을 떨어뜨릴 뻔했다. 나도 몰랐는데, 오늘은 음식 냄새가 역하지 않았다. 오랜만에 음식으로 배가 채워지는 느낌. 나쁘지 않았다. 짜고 매운 부대찌개의 자극적인 맛이 온몸으로 흡수되었다.

모든 인간은 먹고, 자고, 싸고, 살고. 그렇게 움직이게 설계되어 있었다. 모두가 똑같이. 하지만 그렇다고 해서 공평하진 않았다. 누군가는 살을 찌우고 싶어도 안 쪘고, 누군가는 살찌기 싫어도 저절로 쪘다.

지금 이 학교에 나와 같은 학년인 수많은 아이. 같은 해에, 같은 땅에 태어나 같은 공기를 마시고 살아온 이 아이들도 모두 서로 다른 모습을 가지고 있었다. 신은 왜 인간의 외모에 격차를 둔 걸까. 원망스러웠다.

"야, 한예솜!"

갑자기 지수가 소리를 내지르며 내 팔을 붙잡았다.

"어?"

"그만하라고. 내 말 안 들려?"

"뭐? 뭘?"

나는 지수가 잡고 있는 내 오른팔을 봤다. 손에는 꽉 쥔 숟가락이 들려 있었고, 하얀 셔츠에 부대찌개 국물이 잔뜩 튀어 있었다. 식판은 깨끗이 비워져 있었다. 방금 받은 밥과 반찬들이 싹 사라지고 없었다. 마치 타임 슬립을 한 것처럼 어리둥절한 상황이었다.

"이거…… 어디 갔어?"

말하고 나서야 내 주위를 둘러싼 시선들이 느껴졌다. 아이들이 일제히 내 쪽을 보고 있었다. 모두 놀란 얼굴이었다. 지수는 눈이 벌게져서 내가 움직이지 못하도록 힘을 주고 있었다. 난 그제야 팔에 힘을 빼고 숟가락을 내려놨다.

"이제 괜찮아? 일단 나가자."

지수가 서둘러 내 식판까지 들고 일어섰다. 나는 얼떨결에 따라나섰다. 밖으로 나와 애들이 없는 복도로 가자마자 지수가 눈물을 흘렸다. 눈이 벌건 이유는 힘을 줘서가 아니라 눈물을 참고 있어서였다.

"너 진짜 왜 그래? 기억 안 나?"

"내가 뭘?"

"너 막…… 정신없이 먹었잖아."

"내가?"

내가 지금 안 먹을 수는 있어도, 마구 먹는 일은 있을 수 없었다. 하지만 비어 있던 식판, 튀어 있던 붉은 국물, 꼭 쥐고 있던 숟가락. 도대체 무슨 일이 일어났던 걸까.

"내가 언제? 난 그런 적 없는데?"

"정말 기억이 안 나?"

지수는 내가 숟가락을 들고 멍하니 부대찌개 국물을 떠먹다가 갑자기 폭주했다고 했다. 정신없이 건더기를 건져 먹고, 밥을 밀어 넣었으며, 밑반찬을 쓸어 담아 한입에 넣어 우적우적 씹었다고 묘사했다. 하지만 그렇게 많이 먹었다고 하는데도 나는 전혀 배부르지 않았다.

"믿을 수 없어."

"식사 중에 블랙아웃이라니. 너 정말 병원 가 봐야 해. 가서 진찰 좀……."

"야, 내가 왜 병원에 가?"

지수는 아무것도 몰랐다. 나에게 무슨 일이 있었는지, 일어나고 있는지. 단짝 친구라면서 그런 것도 몰랐다. 아무것도 모르면서 병원 운운하는 지수에게 화가 났다. 한편으로 걱정이 됐다. 식판에 있던 그 많은 음식을 그 짧은 시간에 먹어 치웠다니. 칼로리도 어마어마할 것이다. 그동안 애써 온 것이 한순간에 물거품이 될 것 같았다.

"나 화장실 갈 거야. 따라오지 마."

지수에게 경고하고 양치 도구를 챙겨서 과학실 옆 화장실로 갔다. 역시 아무도 없었다. 맨 마지막 칸 화장실로 가서 주저 없이 손가락을 입에 집어넣었다.

"웩."

이제는 손가락을 넣자마자 일부러 헛구역질할 것도 없이 토사물이 나왔다. 제대로 씹지도 않았는지, 무엇을 먹었는지 다 알 수 있을 정도로 온전한 형태였다. 메뉴를 떠올리며 빠진 게 없는지 확인한 뒤에야 구토를 멈추었다.

이제 다시 0kcal? 늦은 건 아니겠지?

집에 돌아와서까지도 급식 먹고 곧바로 토하지 못한 일이 마음에 걸렸다. 짧은 시간이지만, 몸에 흡수가 됐을 것 같았다. 그나저나 내가 미쳤나. 왜 그렇게 폭식한 걸까. 그렇게까지 배가 고팠던 걸까? 먹은 기억도 없는데. 너무 생각에 빠져 무의식 상태로 먹어서 그런 거겠지?

학원 숙제까지 마치고 나자 꽤 늦은 시각이 되어 있었다. 가족 모두 잠들어 집안이 고요했다. 물을 마시려고 주방으로 가자, 식탁 위에 놓인 식빵 봉지가 보였다. 주말에는 아빠가 아침 식사를 준비했는데, 프렌치토스트를 만들어 주려고 미리 사 두었을 것이다. 달걀물을 입혀서 버터에 구워 슈거 파우더를 살살 뿌린 프렌치토스트는 브런치 카페에서 파는 것처럼 그럴듯했다. 그러나 칼로리를 계산해 보면 쉽게 먹지 못할 최악의 음식이다. 배가 아프다고 핑계를 대서라도 식사 자리에서 빠져야 했다.

그래도 식빵을 보니 문득 딸기잼 바른 식빵을 먹고 싶어졌다. 과일을 설탕이나 시럽에 졸인 딸기잼은 당연히 칼로리가 높았다. 그래서 식빵만 한 입 먹어 보기로 했다.

한 입 베어 무니 종일 우울했던 기분이 나아졌다. 식감도 나쁘지 않았다. 식빵을 씹을수록 마음이 차분해졌다.

뼈말라 프로젝트는 어떻게 해야 할까? 혹시 해담이는 이미 포기한다는 의사를 밝힌 것 아닐까? 하지만 만약 해담이가 그대로 진행하고 있다면 내 포기가 우승을 놓치게 만들 수 있었다. 팀 프로젝트만 아니라면 말라소녀, 아니 최사라에게 이용당하고 있었다는 것을 알면서도 이대로 프로젝트에 참여하고 싶지 않았다.

고민이 꼬리에 꼬리를 물고 따라왔다. 끝이 없었지만, 결국 나는 이러지도 저러지도 못했다. 한쪽으로 결론을 내기 어려운 일이었다.

다음 날 아침, 프렌치토스트를 만들려던 아빠가 주방에서 소리쳤다.

"여기 있던 식빵 다 어디 갔어? 왜 빈 봉지만 있어?"

아직 침대에 누워있던 나는 그 말에 정신이 번쩍 들어 자리에서 일어났다.

"설마……."

간밤에 한 입만 먹으려던 식빵을 한 쪽 다 먹은 기억이 났다. 그리고 그다음에는, 어떻게 됐지? 그다음에 또 식빵을 먹었는지, 얼마나 먹었는지 전혀 기억나지 않았다.

놀라서 주방으로 가 보니 식탁 위에는 정말 빈 식빵 봉지만 놓여 있었다.

"네가 먹었니?"

엄마가 물었다.

"아, 아니야."

일단 대답했지만, 내가 먹은 게 맞는 것 같았다.

"뭘 그렇게 놀라? 먹어도 돼. 요새 살 빠졌는데, 뭐라도 좀 먹어야지."

"어이구, 당신은 예솜이가 안 먹었다면 안 먹은 거지. 예솜이가 그걸 어떻게 다 먹어? 당신이 먹은 거 아니야?"

아빠는 엄마에게 핀잔을 줬다. 엄마는 정색했다.

"나도 그거 다 못 먹어. 아니 날 무슨 돼지로 아나."

엄마는 장난스레 말하며 통통한 자신의 배를 탕탕 두드렸다. 돼지라는 단어에 뭔가 턱 걸리는 기분이었다.

"됐어! 아침 안 먹어!"

방으로 돌아와 허겁지겁 체중계에 올랐다. 내가 움직여서 그런지 숫자가 자꾸 바뀌었다. 이미 한참 자고 일어나서 토하기는 너무 늦었다. 미쳤어. 어제 그걸 다 먹고 잤다고?

제발. 제발.

48kg

"악!"

하룻밤 사이에 2kg이나 늘어 버렸다. 미쳤어. 미쳤다고!

"왜? 무슨 일이야?"

엄마와 아빠가 방문을 열고 들어왔다.

"몰라! 나가!"

나는 엄마 아빠를 억지로 밀어내고 방문을 잠갔다.

식빵은 한 조각에 100kcal가 넘었고 모두 열 조각이 있었으니, 1,000kcal를 한 번에 섭취했다는 소리였다. 급식을 그렇게 많이 먹은 것도 영향을 끼친 것 같았다. 토했다곤 하지만, 그 짜고 매운 국물까지 마구 먹었으니.

미쳤어.

하루에 2kg이라니. 이 속도대로라면 예전에 유지하던 몸무게도 금세 넘어설 것이다. 50kg대가 되면 금세 돼지가 되고 말 거다. 끔찍해. 다시는 돼지가 되고 싶지 않아.

"싫어!"

내가 소리치자, 엄마와 아빠가 방문을 두드렸다. 문이 흔들거리며 꿈에서 들은 소리와 비슷한 소리가 났다.

달그락.

"예솜아, 괜찮아?"

달그락.

달그락 소리가 자꾸 귓가에 들려왔다. 왜? 왜 이런 소리가 나는 거지?

저승사자

"욱."

급식을 먹은 뒤도 아니고, 오전 수업 시간이었다. 문득 샤프를 쥔 내 오른손이 눈에 들어왔는데, 손등에 뼈가 드러나지 않는다고 느껴졌다. 그러자 곧바로 구역질이 났다.

"선생님, 욱."

나는 선생님 대답을 들을 시간도 없이 급하게 밖으로 튀어 나갔다. 과학실까지 달려가 화장실로 들어갔다.

"웩."

사실 주말 식빵 사건 이후 거의 굶었다. 엄마와 아빠는 내 눈치를 봤지만, 체했다고 하니까 아무 말도 안 했다.

대신 이번 주에 병원에 가 보자고 했다. 내가 다이어트를 해서 살이 빠진 것은 눈치껏 알고 있는 것도 같았지만, 자주 체하니까 검사를 한번 받아 보자는 거였다.

주말 내내 침대에 누워 있었다. 혹시나 또 음식을 보면 폭주하게 될까 봐 겁이 났다. 그런데도 다시 토를 했다. 먹은 것도 없는데 토하려니 속이 너무 쓰리고 아팠다. 장이 꼬인다는 게 이런 걸까. 몸이 뒤틀리는 느낌이 들고 가슴뿐만 아니라 가로로 세로로 뻗어 있는 몸의 모든 줄기가 아파 왔다.

뭐야? 변기 안에는 또 음식물 대신 초록색 액체가 나와 있었다. 세면대에서 입을 여러 번 헹구었다. 급하게 뛰어나오느라 칫솔, 치약 따위는 당연히 챙기지 못했다. 그새 쉬는 시간 종이 쳤고, 나는 칫솔부터 가지고 나와야겠다고 생각했다. 그런데 고개를 숙여 입을 헹구는 중에 이상한 기분이 들었다. 고개를 숙인 채로 눈만 치켜떠서 보니 거울에 내가 똑바로 서 있는 게 보였다.

"악."

분명 나는 고개를 숙이고 있었는데, 거울 속의 나는 정자세로 앞을 보고 서 있었다.

"너, 너 뭐야."

거울 속의 나는 무표정했다. 표정 없이 너무나 싸늘해 보였다.

"넌 내가 아냐!"

대답 대신 어디선가 달그락거리는 소리가 들려오기 시작했다.

"말도 안 돼. 여기에는 나밖에 없어."

달그락.

거울 속 나는 아직도 움직이지 않았다. 그렇다면 이 소리는? 소리가 가까워지고 있었다.

"안 돼."

나는 휙 뒤돌아 화장실을 나와 버렸다. 나오자마자 쉬는 시간 복도의 시끌벅적함이 들려왔다. 다시 정상적인 세상으로 돌아온 느낌.

"봤어."

누군가 말을 걸었다. 돌아보니 과학실 앞에 신우가 서 있었다. 무엇을? 뭘 봤다는 거지?

"뭘 봐?"

"뼈말라 프로젝트."

벌써 영상이 업로드된 모양이었다. 녹화하고 난 뒤로 말라소녀 채널에 들어가 보지 않았다. 들어가고 싶지 않았다.

"최사라가 그렇게 좋냐?"

아직도 신우는 최사라가 자기 사촌이라는 거짓말을 이어가고 있었다.

"거짓말 아니라니까. 내가 너한테 뭐 하러 그런 거짓말을 하냐? 너한테 잘 보여서 뭘 한다고."

내가 무슨 생각을 하는지 눈치챈 신우가 덧붙였다. 잘 보인다라. 신우는 애들이 관심 가질만한 특이하거나 유행하는 물건들로 이목을 끌려고 했다. 부자인 척, 유명인과 알고 지내는 척하는 이유는 역시 다른 애들에게 잘 보이기 위해서였다. 이 논리라면 최사라가 자기 사촌이라는 거짓말을 할 이유가 없었다. 최사라를 좋아하는 사람은 거의 대부분 다이어트에 관심 많은, 여자애들이었다. 신우가 타깃으로 삼을 만한, 관심 끌고 싶은 남자애들이 아니었다.

"최사라가 네 사촌인 게 진짜라고 치자. 그런데 그게 왜? 내가 거기 출연한 거랑 너랑 무슨 상관인데?"

"날 봐. 말랐지? 너무 말라서 다들 한소리씩 하는 게 얼마나 짜증 나는지 알아? 그래서 살을 찌우려고 갖은 방법을 써 봤는데, 안 돼. 워낙 입도 짧고 음식에 관심이 없는 데다가 소화도 잘 안돼서 억지로 많이 먹지도 못해. 깡마르고 싶어서 마른 게 아니라고."

"갑자기 왜 하소연인데? 아님, 자랑하는 거야?"

"최사라도 그런 거라고. 나랑 체질이 비슷해서 걔도 엄청 스트레스받았어. 최사라가 처음 아역 배우 하려고 했을 때, 다들 너무 말라서 귀엽지 않다고 캐스팅해 주지 않았대. 인기 있는 아역 배우상이라는 게 있잖아. 볼살 통통하고 눈 동그랗고 귀여운 스타일."

최사라의 사연이 무엇인지는 알아들었다. 그런데 그 말을 왜 나한테 하는지는 이해가 좀 안 됐다.

"최사라처럼 되고 싶어서 무리하지 말라고. 말라소녀 콘텐츠도 너무 믿지 말고. 최사라를 아이돌로 키우려고 처음부터 기획된 채널이야. 뼈말라 프로젝트만 끝나면 회사에서 2대 말라소녀 세워서 채널 운영하고 최사라는 빠질 거야. 아이돌 그룹 데뷔하는 건 알지? 다들 SNS에서 꾸며진 이미지에 속은 거야."

신우는 말라소녀 채널에 다른 목적이 있다는 사실까지 알고 있었다. 그러고 보니 외모 또한 둘이 많이 닮았다.

“둘이 사촌이라는 말 믿을게. 나도 그런 가식적인 일들 다 알게 됐거든. 그래서 사실은 고민 중이었어.”

그동안 아무에게도 하지 못한 말을 하고 나니 속이 시원했다. 해담이가 없어서 뼈말라 프로젝트에 대해 얘기할 상대가 없었다. 신우에게라도 말하고 나니 마음이 한결 편해졌다.

“안다니 다행이다. 빨리 거기서 발 빼.”

“그런데 내 친구가…….”

더 이야기하고 싶었다. 그러나 막상 해담이에 대한 말을 하려고 생각하니, 차마 이야기할 수가 없었다. 내 잘못이라 신우에게 구구절절 설명하기 싫었는지도 모른다.

“아니다. 나중에 기회가 있으면 그때 이야기해 줄게.”

“그래. 거짓말쟁이 말을 믿어 줘서 고맙다.”

신우는 가 버렸다. 모든 것이 거짓이던 거짓말쟁이의 한 가지 진실이 최사라였다니, 놀라운 일이었다. 그리고 진실을 이야기할 때 신우는 평소와 달랐다. 훨씬 더 좋은 사람처럼 보였다고 할까.

천천히 교실로 돌아와 보니 신우는 남자애들에게 축구 선수 김지석 이야기를 하고 있었다. 추석 때 김지석이랑 만

날 수도 있다는 거짓말을 아주 현실감 있게 풀고 있었다. 할머니가 김지석이 좋아하는 육전을 부칠 거라는 디테일까지 첨가해서.

멍하니 신우 뒤에서 이야기를 엿듣는데, 누가 내 어깨를 톡톡 두드렸다. 지수였다.

"나 할 말 있어."

우리는 복도 끝으로 나갔다. 듣기 전부터 이미 무슨 말을 할지 알 것 같았다. 나는 지수가 급식실 옆자리에 앉아 부대찌개 이야기를 꺼냈을 때부터 이미 모든 것을 용서했다. 그때 나는 느꼈다. 내 자리에 해담이가, 지수 자리에 내가 있다는 것을. 내가 해담이에게 용서받고 싶은 것처럼 지수도 그럴 수 있겠다는 걸 깨달았다. 한 번의 거짓말은 계속 본의 아닌 거짓말을 이어 가게 했다. 나도 그랬으면서 지수의 거짓말은 용서 못 한다고 파르르 떤다는 게 말이 안 됐다.

"말 안 해도 돼. 아니다. 네 말을 들어 보긴 해야지. 일단 말해 봐."

무슨 말을 할지 뻔했지만, 지수 목소리로 듣는 게 좋을 것 같았다.

"나 사실 네 친구 박준우 좋아해."

지수는 폭탄선언을 아무렇지도 않게 했다. 마치 오늘 신은 양말은 하얀색이라고 말하는 것처럼.

"알아."

"역시 알았구나. 진작 말했어야 했는데, 미안해. 네가 싫다면 언제든지 헤어질게."

헤어진다고? 아니 왜? 원래 둘이 나 몰래 사귄다고 엄청나게 분노했으면서, 나 때문에 헤어진다고 하니 그건 또 이상하게 싫었다.

"너 혹시 박준우 좋아한 건 아니지? 친구 말고 이성으로……."

지수가 걱정스럽게 물었다.

"아, 생각만 해도 토할 거 같아. 우린 그냥 친구야."

"그럴 줄 알았어. 그래도 미안해. 너한테 준우가 어떤 친구인지 알면서…… 먼저 말을 했어야 했는데."

"맞아. 난 준우에게 거의 가족이니까, 시누이 같은 존재거든. 그런데 너도 나한테 소중한…… 친구야."

나는 심각한 얼굴로 그렇게 말했다. 그리고 친구라는 단어를 말할 때 예상치 못하게 울음을 터뜨렸다. 친구. 사실은 해담이에게 듣고 싶은 말이었다. 그렇게 용서해 주길 바랐다. 뻔뻔하게도.

사실 내가 해담이에게 거짓말한 일은 실수가 아니었다. 처음에 죽으려는 마음을 돌리려고 둘러댄 건 맞지만, 솔직히 그 뒤로 얼마든지 바로잡을 기회가 있었다. 하지만 그렇게 하지 않았다. 은근히 거짓말을 즐기고 있던 것이다. 살쪘다고 징징대고, 살 빼느라 힘들다고 하소연할 상대가 필요했다. 만약 내가 56kg이었다는 것을 알았다면, 해담이는 나에게 공감하지 못했을 것이다. 돌이켜 보면 나는 해담이를 이용했다. 지수보다 나쁜 거짓말을 한 건 나였다. 지수는 내 속도 모르고 나를 안고 토닥여 주었다.

"왜 울어. 바보 같이. 내가 잘못했는데…… 네가 왜 울어…… 정말 미안해."

지수가 나를 위로하다가 함께 울었다.

"그런데 너, 몸은 정말 괜찮아?"

엄마와 아빠, 지수와 준우. 내가 아무리 밀어내도 매번 같은 질문이다. 나도 사실은 궁금했다.

난 정말 괜찮은 걸까. 그러고 보니 생리를 안 한 지도 꽤 됐다. 두 달은 넘은 것 같았다. 다이어트를 하면 생리가 끊

기기도 한다는 건 이미 알고 있었기에 놀라진 않았다. 그러나 다른 증상이 늘수록 점점 불안해졌다.

집에 오자마자 책상 앞에 앉아서 달력을 봤다. 한 달, 두 달…… 이미 세 달에 가까웠다. 살이 빠지기 시작했을 무렵과 비슷했다. 뼈말라 프로젝트 중간 점검 날이 최저 몸무게였고, 지금은 거기서 1kg 빠진 상태였다.

"잔뜩 조여!"

말라소녀 구호가 생각났다. 더 조여야 했다. 더. 더. 이제는 최사라를 위해서가 아니라 나를 위해 달려 나갔다.

달그락.

어디선가 또 소리가 들려왔다. 나는 손가락으로 귓구멍을 틀어막았다. 내가 잘못 들었을 수 있으니까. 하지만 나에게 명확히 들려주려는 듯 다시 달그락 소리는 이어졌다.

나를 처음 뼈말라 프로젝트로 이끌어 주었던 그 소리. 신청서를 통과하게 해 준 달그락거리는 해골 인간. 꿈이 아니었다면 나는 결코 내딛지 못했을 것이다. 프로젝트 일정을 개인적으로 따라가겠다고 생각했지만, 평소의 나라면 중간에 포기했으리라.

달그락.

이제 거의 포기했어. 저리 가. 이제 나에게 올 필요가 없다고. 힘없이 손을 내저었다. 휴대폰이 울렸고, 화면에 준우 이름이 떴다. 뭐야. 너도 잘못했다고 빌려는 거야? 귀여운 박준우. 사실 나는 준우가 전에도 거짓말을 했고, 그 거짓말을 쭉 이어 왔다는 것을 알고 있었다. 유치원 때도 사실은 내가 뚱뚱하다고 생각했겠지? 그런데 거짓말을 한 거다. 나를 위해서. 하얀 거짓말을. 전화를 받아서 난 이미 널 용서했다고 말하고 싶었다. 그런데 손이 움직이지 않았다.

달그락.

이상해. 왜 이런 소리가 나는 거지. 토하고 싶었다. 그래야 속이 시원해질 것 같았다. 그런데 기운이 없었다. 몸이 무너져 내리는 것 같았다.

"예솜아!"

이번에는 달그락거리는 소리 대신 엄마와 아빠가 동시에 외치는 소리가 들려왔다. 엄마와 아빠가 나에게 달려왔다.

마치 영화 속 슬로 모션 기법처럼 천천히 엄마와 아빠가 헐레벌떡 오는 모습이 내 눈에 찍혔다. 그런데 그 뒤로 뭔가 새하얀 것이 보였다.

달그락.

소리가 멈춘 게 아니었나. 엄마 아빠 뒤에 새하얀 해골 인간이 서 있었다. 난 이대로 끝난 걸까. 달그락, 너는 나의 미래가 아니라 날 데리러 온 저승사자였던 거야?

입원

다시 눈을 떴을 때는 아침, 병원이었다.

"이제 좀 정신이 드니?"

엄마가 나를 내려다보고 있었다. 아빠가 의료진을 부르러 나갔다. 엄마와 아빠는 나를 1인실에 모셔 두었다.

내게 진단된 병명은 여러 가지였으나, 내가 알아들은 것은 다음과 같았다. 심각한 섭식 장애, 영양실조, 빈혈, 치아 부식 등등. 이는 과도한 다이어트가 원인으로 추정된다고 했다. 무조건 골고루 잘 먹고 잘 자면 낫는다고. 간단한 것처럼 말했지만, 나에게는 그게 무척 어렵다는 것을 의사 선생님은 모르고 있었다.

"그놈의 다이어트."

엄마는 다이어트가 날 괴롭힌 사람 이름이라도 되는 양 중얼거렸다. 그러면서 링거 바늘을 꽂은 내 팔을 안쓰럽게 어루만졌다.

"엄마, 이거 뭐야?"

"수액이랑 영양제야. 이거라도 맞아야 기운 차리지."

"이거 살찌는 거 아니야?"

"너 정말 엄마 미안하게 할 거야?"

엄마가 버럭 소리를 질렀다. 사실 유치원 때 지독하게 놀림받은 뒤로 운동과 식단으로 꾸준히 나를 관리한 사람은 엄마였다. 내가 엄마를 닮아서 살이 쪘다고 생각했다.

"더 먹는다고? 안 돼. 살쪄."

"엄마랑 줄넘기하러 나가자. 살쪄."

살찐다는 말은 엄마가 늘 달고 살던 말이다. 엄마는 내가 정상 체중이 되어서야 채찍질을 멈췄다. 그러나 이제는 내가 정상 체중으로는 만족할 수 없다. 링거 따위로 살찌기 싫었다. 힘들게 토하고 굶어 가면서, 내가 어떻게 뺀 살인데. 내 몸에 붙을 덜렁덜렁한 살점들이 끔찍하기만 했다.

저녁때 지수가 문병을 왔다. 모범생이 학원 수업까지 빼

먹고 온 것이다.

"거봐. 내가 병원 가라고 했잖아."

지수는 울 것 같은 얼굴로 내 손을 잡더니 뜻밖의 말을 했다.

"혹시 나 때문에 아픈 거야?"

"뭐? 아니야."

지수는 준우와 자신의 배신 때문에 내가 충격받아서 아프다고 지레짐작한 거였다.

"진짜 아니야?"

"정말 아니야! 너희에 대한 마음이 그렇게나 애절하진 않거든!"

어디서 힘이 솟았는지 목소리가 커지고 말았다. 지수가 웃었다.

"이제야 너답다. 사실 준우도 같이 왔어. 불러올게."

이것들이 진짜. 이제 아주 대놓고 붙어 다닌다. 준우가 들어오면 욕이라도 해 주려고 했는데, 막상 들어온 준우 얼굴을 보는 순간 와락 반가움이 밀려들었다.

다이어트를 위해 보낸 시간, 뼈말라 프로젝트에 관한 모든 것이 마치 다른 차원의 내가 겪은 일 같았다. 친구들이 다시 평소처럼 보였다. 제대로 된 차원의 내 우주로 돌아왔다는 느낌이 들었다.

"나 사실 다이어트하다가 쓰러진 거야."

처음으로 친구들에게 사실대로 털어놨다.

"다이어트? 급식 잘 먹었잖아. 체해서 속 안 좋다가 나은 거 아니었어?"

지수가 무척이나 놀랐다.

"아냐. 사실 나…… 급식 먹고 일부러 손가락 넣어서 토했어. 계속."

두 아이의 얼굴에 놀라움과 걱정이 그득했다. 조금 뒤 준우 얼굴에 다른 감정이 물들었다.

"야, 너 미쳤냐? 먹은 걸 왜 토해? 진짜 정신 나간 거 아니야?"

준우가 이렇게 화를 내는 모습은 유치원 때 이후로 처음이었다. 십 년 동안 보아 온 준우는 늘 웃기고 순했다.

"이제 그런 짓 안 할 거야. 진정해."

"다시는 안 그런다고 약속해! 빨리 손가락 걸어!"

준우는 씩씩대면서도 유치하게 새끼손가락을 내밀었다. 그깟 손가락 걸어 주었다.

"왜 그랬어? 몸 다 상해 가면서……."

지수는 이제 내가 왜 자꾸 과학실 옆 화장실에 갔는지 알았을 것이다.

"너는 살 안 찌는 체질이라 내 마음 모를 거야. 난 물만 마셔도 살찌니까 먹토라도 해야 했다고."

어리광 같은 볼멘소리에 지수가 나를 토닥였다.

"세상에 먹어도 살 안 찌는 체질이 어디 있어? 나도 많이 먹으면 살쪄."

"에이, 말도 안 돼. 넌 급식도 많이 먹는데, 말랐잖아."

"나 사실 저녁은 안 먹어."

지수의 폭탄 고백. 준우와 나, 둘 다 놀라게 하는 말이었다.

"지수야, 네가 왜 다이어트를 해? 넌 말랐잖아."

"너도 말랐어, 한예솜."

생각지도 못했다. 마른 게 체질인 줄 알았던 지수가 사실은 몸매 관리를 하고 있었다니 말이다. 준우는 갑자기 자기 머리를 쥐어뜯었다.

"아. 다들 도대체 왜 그러는 거야. 그놈의 다이어트! 말라소녀, 아이돌, 이 썩어 빠진 사회 때문이야. 으아아아."

준우가 미친놈처럼 병실을 이리 뛰고 저리 뛰었다. 나는 그 모습을 지켜보다가 자연스럽게 지수에게 뻐말라 프로젝트에 대해 털어놨다. 그동안 있었던 일들. 연락이 끊긴 내짝, 해담이에 관한 일까지.

"그 친구가 화가 난 건 사실 말라소녀 때문 아닐까? 자기를 방송에서 우스갯거리로 만든 건 말라소녀와 그 프로그램이라는 걸 그 친구도 알 거야."

그간 있던 일을 들은 지수가 해담이 심정이 짐작 간다며 이렇게 얘기해 주었다.

"하지만 속인 건 나잖아. 친구인 줄 알았는데, 배신감 들었을 거야."

"지금쯤 그 친구도 네가 다시 사과해 주길 기다리고 있을지도 몰라. 먼저 연락하긴 뻘쭘하고. 알지? 그런 거?"

"그럴 수도 있을까?"

지수처럼 생각해 본 적은 없었다. 내가 지수와 준우에게 그랬듯이 해담이도 지금쯤 마음이 많이 누그러져서 내가 먼저 다가와 주길 기다리는지도 몰랐다.

또 온다는 말을 남기고 지수와 준우가 돌아가자, 병실이 조용해졌다. 그제야 나는 달그락이 떠올랐다. 엄마 아빠 뒤로 보이던 달그락은 첫 꿈속에서보다 훨씬 무서웠다. 처음에는 그저 아름답다는 느낌만 받았는데, 이번에는 내 편이 아니라는 확실한 적대감이 느껴졌다. 또 나타나진 않겠지? 엄마 아빠가 곧 식사를 마치고 돌아올 테지만, 순간 무섭다는 생각이 들었다.

오랜만에 말라소녀 채널을 열었다. 라이브가 있다는 알림이 와 있었다. 시작한 지 20분쯤 된 것 같았다.

"뼈말라 프로젝트 하시는 분들, 지금 열심히 다이어트 진행 중이실 텐데요! 채팅으로 지금 바로바로 소식 전해 주세요. 아, 네. 지금 프아 왔다가 탈프아 한 뒤에 요요 왔다는 분 계시네요. 아, 그거 정말 치명적인데요. 요요 진짜 조심하셔야 해요. 자칫하면 공든 탑이 무너진다고요! 잔뜩 조여!"

"넌 원래 잘 안 먹어서 안 찐다며. 다이어트해 본 적도 없잖아."

최사라가 하는 말이 이제 곱게 들리지 않았다. 원래 팬이 안티팬 되기 쉽다더니, 지금 내가 그랬다. 그렇게 마음 바쳐 열광했던 시간이 한심해서 배신감이 더 컸다. 나는 지금 힘들어서 병원에 입원해 있는데, 잔뜩 조이라니. 화가 나서 채팅창에 글을 적었다.

뼈말라 프로젝트 참가자 예스코튼입니다. 저 지금 쓰러져서 입원 중입니다. 무리한 다이어트로…….

글을 쓰고 막 올리려는데, 다른 글이 눈에 들어왔다.

달망: 뼈말라 참가자 중 한 명 쓰러졌잖아요. 그거 왜 감춰요?

이게 뭐야? 나는 너무 놀라서 내가 채팅창에 올리려던 말을 지우고 글이 더 올라오길 기다렸다. 내가 입원한 걸 누군가 알고 있는 것 같았다.

달망: 말소 님, 해명해 보세요. 우리 반 박해담. 여기 닉네임 담담.
의식 없이 병원에 있다고요.

"해담이가?"

해담이도 쓰러졌다니. 게다가 의식이 없다니……. 심장이 터질 것 같았다. 심장 소리가 온몸을 타고 미친 듯이 울렸다. 달망이라는 사람이 잘못 알고 있다고 믿고 싶었다. 하지만 곧 최사라가 한 말에 마지막 희망마저 접어야 했다.

"아, 지금 급하게 라이브를 종료해야 할 것 같아요. 말란이 여러분, 저 말라소녀는 다음에 만날게요. 안녀엉."

갑자기 라이브가 종료되었다. '잔뜩 조여'도 외치지 않았고, 늘 말하던 구독과 좋아요, 알림 설정도 말하지 않았다. 정말 급하게 도망간 티가 났다. 달망이 올린 글이 진실일 수 있다는 데 무게가 실렸다.

달망이 마지막으로 남긴 글은 이거였다.

달망: 너희는 예비 살인자야.

예비 살인

예비 살인자.

해담이가 생명에 지장이 있을 정도로 심각한 상황이라는 건가. 해담이가 말라말라 커뮤니티에 올린 글이 떠올랐다. 설마 이번에 또 그런 마음이 들었던 걸까.

무서웠다. 해담이가 잘못될까 봐.

너 괜찮아? 예솜

답이 없었다. 몇 시간을 기다려 봤지만 읽지도 않았다. 전화해 보니 휴대폰은 꺼져 있었다. 정말 해담이는 의식이 없는 걸까? 달망의 말을 믿고 싶지 않았다. 해담이에게 연락할 방법이 없어서 답답했다. 부모님 연락처도 알 길이 없었고, 집 주소도 몰랐다.

"아!"

문득 연락할 방법이 한 가지 떠올랐다. 달망. 분명 해담이와 같은 반이라고 했다. 나는 서둘러 말라소녀 채널로 들어갔다. 달망이 등장한 라이브 영상의 채팅을 찾아봤더니, 모두 지워져 있었다.

"하."

그건 미처 생각하지 못했다. 영상에서 채팅 내용을 제거하다니.

"어쩌지."

말라소녀 영상 목록을 훑어보며 고민하다 보니 영상마다 달린 댓글은 아직 그대로 있다는 것을 깨달았다. 그렇다면 어딘가에 달망이 단 댓글이 있을 수도 있었다. 가장 최근 영상부터 훑어보다가 문득 해담이가 나온 영상이라면 달망도 봤을 거라는 생각이 들었다.

달망: 담담, 우리 반! 당당한 널 응원해!

특별한 이벤트 영상이라 유독 댓글이 많았지만, 하나하나 읽어 가며 찾아냈다.

"안녕하세요. 저는…… 해담이 친구 예솜이에요."

해담이 엄마에게 그렇게 말하면서 내가 과연 해담이 친구라고 할 수 있을까 생각했다.

"또 왔구나. 고마워라."

나와 함께 병원을 찾은 달망, 지윤이는 전에도 몇 차례 문병을 왔다고 했다. 지윤이에게 연락이 닿자, 나는 애걸복걸해서 해담이가 있는 병원을 겨우 알아냈다. 내가 해담이와 같은 팀이라고 했더니, 지윤이는 나를 믿지 못했다. 말라소녀 관계자가 회유하라고 시킨 것으로 생각했다. 해담이와 내가 같은 팀이 되기 전부터 알던 사이라는 걸 설명하고, 지윤이가 의심을 거두게 하는 데 긴 시간이 걸렸다.

지윤이는 해담이와 그렇게 친한 사이는 아니라고 했다. 지윤이는 학급 회장이어서 의무감과 오지랖으로 해담이에게 억지로라도 말을 걸던 사람이라고 자신을 소개했다.

"해담이는 친한 애가 하나도 없었어. 다른 애들이 말을 걸어도 도통 대답을 안 했거든. 그래서 애들이 좀 오해하고 싫어하기도 했어. 애들이 따돌린다기 보다는 해담이가 다른 애들을 따돌리는 격이었지."

해담이는 두려웠을 것이다. 그 애들이 자신을 싫어할까 봐. 그래서 방어적으로 행동하며 주변인들을 밀어낸 것이다. 비록 메시지로만 대화하긴 했지만, 나와는 많은 이야기를 주고받았다. 여느 또래 아이처럼 웃긴 이야기도 하고, 연예인 이야기도 했다. 적어도 거짓말이 탄로 나기 전까지는 해담이가 나를 친구로 생각했던 것은 분명했다. 어쩌면 내가 유일한 친구였을지도 몰랐다.

"그런데 어느 날 해담이가 처음으로 먼저 말을 건 거야. 자기가 유튜브 채널 다이어트 프로그램에 나가게 되었는데, 누군가 봐줬으면 좋겠다고. 자기를 아는 사람이 한 명도 못 보면 어쩐지 아까울 것 같다면서. 부모님께 얘기하면 다이어트한다고 혼만 날 거고."

역사적인 날, 누군가 자신을 알아봐 주길 바란 해담이가 귀여웠다. 그 부탁을 들어준 지윤이에게도 고마웠다. 지윤이가 해담이네 반 회장이어서 정말 다행이었다.

"해담이는 좋겠네. 친한 친구가 이렇게 먼 데, 문병까지 와 주고."

해담이 엄마가 해담이 쪽을 보고 웃었다. 친한 친구라고 소개하지 않았는데, 의아했다.

"해담이가 예솜이 이야기를 많이 했어. 수원 산다고 했지? 여기까지 와 줘서 정말 고맙다."

해담이가 내 이야기를 했을 줄이야. 놀랍기도 했지만, 먼저 고마웠다. 나를 진짜 친한 친구로 생각해 주어서.

"해담이는 어떻게 된 거예요? 사실…… 저랑 싸웠거든요. 연락이 끊긴 사이에 입원했다는 소식을 들어서 너무 놀랐어요."

"다이어트하다가……."

해담이 엄마가 쓸쓸하게 말하면서 침대에 누워 있는 해담이를 돌아봤다. 해담이는 호흡이 약해 인공호흡기를 부착한 상태였다. 그런 기구가 없다면 그냥 잠을 자고 있다고 생각했을 것 같았다.

"해담아."

이렇게 가까이에서, 이름을 직접 불러 보기는 처음이었다. 중간 점검 날 만났을 때는 제대로 대화도 나누지 못하고 그저 미안하다는 말밖에 하지 못했다.

"빨리 일어나. 일어나서 나한테 화를 내도 좋으니까 일단 일어나 줘."

해담이가 꿈결에서라도 내 목소리를 듣고 있었으면 했다. 문득 해담이가 말라말라에 올린 글 속 한 문장이 선명하게 기억났다.

아무리 해도 저, 뚱뚱하게 살 거 같으니까 그냥 이대로 죽으려고요.

해담이는 그저 다이어트를 하다가 쓰러진 게 아니었다. 차라리 죽겠다는 마음으로 굶었던 것이다. 살기 위한 다이어트가 아니라 죽음으로 가는 것을 뻔히 알면서도 달려갔다. 해담이가 뼈말라 프로젝트에서 하차하지 않았다는 게 그 증거였다. 마지막 순간에 자신의 달라진 모습을 보여 주어 자신을 조롱한 사람들에게 복수하고 싶었을 것이다.

"내가 미안해. 정말 미안해."

해담이 귀에 다시 속삭였다. 해담이가 깨어나서 한바탕 화를 내 주면 좋겠다. 그래 준다면 얼마나 기쁠까.

"왜 또 오셨어요? 나가세요."

해담이 엄마가 누군가를 보고 밖으로 나가 조용히 말했

다. 복도에 정장을 입은 사람들이 서 있었다. 그중에 눈에 익은 사람이 있었다. 최사라 매니저였다. 최사라가 패악을 떨어도 하인처럼 비위를 맞추던 그 사람이었다.

"지금은 대화하고 싶지 않아요. 그러니까 그만 돌아가 주세요."

해담이 엄마는 무척이나 피곤하고 힘들어 보였다. 하지만 그 사람들은 그런 것은 관심 없어 보였다. 피폐해진 모습이, 흐리멍덩한 눈동자가 그들 눈에는 보이지 않는 모양이었다. 그들은 이 문제를 그저 빨리 해결하고 싶었을 것이다. 데뷔를 앞둔 최사라 이미지를 위해 입막음을 하는 게 급했으니까. 지윤이가 채팅에 썼던 마지막 글이 떠올랐다.

달망: 너희는 예비 살인자야.

해담이를 쓰러지게 만든 것은 그 어른들이기도 했다. 자신들의 이익을 위해 우리를 이용했다.

"너무해."

나는 자리에서 일어났다. 무슨 말을 할지 정해 놓지는 않았지만, 나도 뻬말라 프로젝트 참가자이고 피해자라고 밝혀야겠다고 생각했다. 무리한 프로젝트로 쓰러졌고, 죽을 뻔했다고.

"잠깐만, 예솜아."

지윤이가 나를 붙잡았다.

"지금 감정적으로 나서면 아무것도 바꿀 수 없어. 저 사람들, 대형 연예 기획사 사람들이야. 이런 상황에 대처할 모든 걸 준비해 왔을 거야."

맞는 말이었다. 지금 목소리를 낸다고 해도 그냥 그렇게 공허한 외침으로 끝날 가능성이 컸다. 좀 더 치밀한 계획이 필요했다. 많은 사람에게 진실을 알리고, 기획사 사람들이 나를 막을 수 없는 어떤 방법을 찾아야 했다.

라이브

빼말라 프로젝트는 계속됐다. 기획사에서 어떻게 손을 썼는지 해담이 이야기는 오르내리지 않았다. 불가피한 개인 사정으로 하차했다는 공지만 올라왔다.

"예스코튼 님이시죠?"

나에게 전화가 온 것도 그쯤이었다. 처음에 나에게 예선 통과 소식을 알려 주며 통화한 사람. 그 사람에게서 다시 전화가 걸려 왔다.

"안녕하세요. 말라소녀 채널 스태프입니다. 잠깐 통화 괜찮으실까요?"

말라소녀라는 말을 듣자마자 두드러기가 올라올 것처럼

몸이 간지러웠다. 그러나 내색하지 않았다.

"예. 무슨 일이시죠?"

저번처럼 상냥한 목소리로 말했다.

"예스코튼 님과 빼말라 프로젝트 짝이었던 담담 님이 불가피하게 하차하셨어요. 공지 보셨죠?"

"예. 그렇더라고요."

최대한 모르는 척, 아무렇지 않은 척 대답했다.

"그래서 합산한 감량 몸무게로 결과 발표를 할 수 없어서 예스코튼 님 감량 몸무게를 두 배수로 공개하려고 해요. 그런데 이렇게 하면 본인 몸무게가 공개되는 거라 부담스러우실 수 있어서요. 의견 묻기 위해 전화드렸습니다."

결국 자기들 마음대로 정할 거면서.

"저는 괜찮아요. 그냥 정하신 방침대로 하세요."

나는 웃었다. 마지막 방송에만 출연한다면 어떻게 되든 상관없었다.

마지막 날 콘텐츠는 녹화가 아니라 라이브였다. 최사라는 이 방송을 끝으로 말라소녀 채널을 쉬어 간다고 발표했다. 대형 프로젝트를 마치고 휴식기를 가지는 것처럼 말했지만, 결국 최사라는 돌아오지 않을 거였다.

맑은 하늘, 하얀 구름. 그 사이를 달려 나가는 최사라. 싱그러운 풍경을 뒤로 하고 음료를 든 최사라가 말한다.

"상큼하게 내 몸에 자유를 주자!"

음료를 마시자 온몸에 하늘색 물방울들이 퍼져나가는 효과와 함께 최사라가 웃는다.

말라소녀 콘텐츠 앞에 붙은 광고였다. 얼마 전 최사라는 다이어트에 도움이 된다는 비타민 음료 모델이 되었다. 곧 데뷔한다는 아이돌 그룹에서 최사라는 가장 인지도 있는 멤버였다. 인기 유튜브 크리에이터인데다가 화보 모델로도 활동했으니까. 지금은 다들 그 그룹을 최사라 그룹이라고 불렀다.

"아, 짜증 나. 진짜 의상 이거 뭐야. 나 이런 재질 들러붙고 정전기 나서 싫어한다고 했잖아. 그리고 도대체 내 휴대폰은 어디로 사라진 거야? 매니저!"

마지막 방송이어서인지 최사라는 대놓고 짜증을 부렸다. 뼈말라 프로젝트 참가자들은 두 달 전보다 훨씬 말라 있었다. 나만 빼고. 난 입원 생활을 하면서 링거를 맞고 엄마가 종일 함께 있으면서 조금씩이라도 끼니를 챙긴 덕에 오히려 체중이 늘었다. 대신 건강이 회복되었다. 전처럼 속이 안 좋거나 어지럽지는 않았다.

의사의 권유로 심리 치료도 병행했다. 그래서 내가 살을 빼기 위해 한 짓들이 잘못되었다는 것을 깨달아 가고 있었다. 엄마는 직접 말로 표현하지는 않았지만, 다행이라고 여기는 것 같았다. 심리 치료 전부터 나는 이미 많이 변했다. 정신을 잃고 쓰러지기 직전 보았던 저승사자 같은 달그락의 모습이, 병실에 누워 있는 해담이가 내가 이전으로 돌아가지 않게 붙잡아 주었다.

"그럼 지금까지 참가자 절반의 결과를 들어 봤는데요. 우리 말란이 여러분 궁금하시겠지만, 딱 5분만 쉬고 다시 돌아올게요. 잔뜩 조여!"

중간에 사진을 띄워 놓고 잠깐 쉬는 시간을 가지게 되었다. 화면이 바뀌자마자 최사라는 쉬는 시간이 너무 짧다고 투덜거렸다. 나는 지금이 기회라고 생각했다. 최사라에게 마지막 기회를 주고 싶었다.

"언니, 저도 사진요!"

그냥 다가갔으면 제지당했을 텐데, 최사라가 다른 참가자와 사진을 찍고 있어서 나도 얼른 끼어들었다.

“아, 쉬는 시간 짧은데. 아, 모르겠다. 찍으려면 빨리요.”

최사라가 귀찮다는 듯이 말했다. 나는 셀카를 찍는 척하면서 말했다.

“언니, 제 짝 담담이요. 지금 병원에서 의식 불명으로 누워 있는 거 알고 있죠? 가만히 있을 거예요?”

“아.”

나는 최사라가 사과라도 할 줄 알았다. 그러나 반응이 시큰둥했다. 나는 다시 한번 말했다.

“언니, 어른들에게 이용당하지 마세요. 언니를 좋아하는 말란이들을 위해서라도 바로잡아요. 지금이라도 뻐말라 프로젝트를 중단하면 언니에게 피해 가지 않게 할게요.”

최사라가 이번에는 조금 당황하는가 싶더니 매니저를 불렀다. 그러더니 매니저에게 이렇게 말했다.

“어떻게 된 거야. 얘가 나 협박하잖아.”

지난번 라이브 방송은 기획사에서 급하게 중단한 거라고 믿고 싶었다. 이 사태를 아예 모르진 않겠지만, 최사라도 아직 어렸고 어떻게 보면 어른들에게 이용당한 건 마찬가지라고 생각했다. 그래서 난 끝까지 기회를 주고 싶었다. 그런데 협박이라는 단어를 쓰다니. 최사라를 믿어 보려고 한 나 자신이 한심했다. 열여섯 살. 저 사람은 또래의 사고가 전혀 아무렇지도 않은 걸까. 게다가 자기가 진행하는 프로젝트 때문에 죽을지도 모르는 위급한 상황인데?

어른들만의 잘못이 아니었다. 최사라도 거기에 동조하며 자신의 이익만을 따라가고 있었다. 곧 이루어질 화려한 데뷔에 방해되지 않게, 조용히 묻히길 바라면서.

"자, 쉬는 시간 끝났습니다. 방송 시작합니다."

최사라의 매니저가 나한테 오기 직전, 방송이 재개되었다. 다행히 다음 단계를 시작할 수 있을 것 같았다. 나는 그래도 최사라에 대한 옛정으로 마지막 기회를 줬다. 그걸 걷어찬 건 최사라였다.

쉬는 시간 이후에도 나는 방송 내내 웃으며 고개만 끄덕였다. 별다른 발언은 하지 않았다. 처음에는 나를 의식하고 살피던 최사라도 곧 안심한 듯 편하게 진행을 이어 갔다. 우승자 발표까지 마치고 방송도 마침내 거의 막바지에 이르렀다.

"자, 이제 참가자들 소감 듣고 마무리할까요?"

한 명씩 한 명씩 소감이 이어지고 나에게도 순서가 돌아왔다. 나는 방관자 혹은 가해자의 화려한 데뷔, 그 수단인 이 쇼를 도와줄 마음이 전혀 없었다.

"안녕하세요. 저는 한예솜입니다."

미리 짠 대로 나는 에스코튼이 아닌 본명을 말했다. 내가 생방송에서 닉네임 대신 본명을 말하면 신우가 나서기로 약속되어 있었다. 지금 신우는 내 암호를 알아듣고 최사라 계정에 글을 올리고 있을 것이다. 300만 팔로워, 인플루언서 최사라의 계정에.

말라소녀 최사라와 말라소녀 채널의 실체

최사라의 화려한 데뷔를 위해 홍보 채널로 운영하던 말라소녀 채널이 한 소녀를 죽음으로 몰아가고 있다. 바로 뼈말라 프로젝트라는 이벤트에 참여한 '담담'이라는 닉네임의 열다섯 살 소녀가 그 피해자다.

피해자 담담은 말라소녀 채널과 말라소녀라는 닉네임을 쓰는 최사라, 그리고 그 기획사가 조장한 다이어트를 무리하게 이행하다가 쓰러졌고 현재 의식을 회복하지 못한 상태이다. 최사라가 방송에서 담담에게 했던 말은 치욕적이었고, 그 말은 담담을 죽음 직전의 다이어트로 몰아갔던 것이다.

믿지 못할 당신을 위해, 당시 영상 링크를 공유한다.

댓글을 올린 뒤 추가로 최사라가 해담이에게 망언을 쏟아 내는 영상 링크도 곧바로 올리기로 약속되어 있었다. 내가 할 일은 그 글과 영상을 볼 화제성을 만들어 내는 거였다.

"이번 프로젝트를 하면서 사람이 얼마나 잔인해질 수 있는지 느낄 수 있었습니다. 지금 다들 제가 다이어트 이야기하고 있다고 생각하실 텐데요. 우리 최사라 님 인스타 최근 게시글에 댓글로 죽음 직전까지 간 제 짝 담담에 대한 자세한 이야기 올려 두었으니 꼭 확인하시길 바랍니다."

내가 여기까지 말하자 모두 웅성거리기 시작했다. 뒤늦게 당황한 최사라가 제작진에게 뭐라고 말했고, 사람들이 나를 잡으려고 달려오기 시작했다. 방송도 곧 종료되리라고 직감한 나는 재빨리 소리쳤다.

"말라소녀! 네 회사! 모두 예비 살인자야! 깡마른 게 뭐가 좋냐! 해골 같지!"

다시 시작

"모두 예비 살인자야! 깡마른 게 뭐가 좋냐! 해골 같지!"

누군가 말하자, 급식실에 있던 애들이 까르르 웃었다. 다들 나를 힐끔힐끔 바라봤다. 그래, 다들 웃고 떠들어라. 내가 아무렇지도 않게 밥을 먹자, 눈치를 보던 준우와 지수도 그제야 한술 떴다.

그날, 내가 폭로를 하고 방송은 급하게 중단되었다. 하지만 그 영상은 누군가에 의해 따로 편집되어서 유명한 밈이 되어 떠돌았다. 그 부분만 놓고 보니 내가 봐도 오글거리고 유치했다. 표정도 좀 웃겼다. 하지만 그 순간에 내가 얼마나 비장했는지 아무도 모를 것이다.

"대박. 너, 좀 대단했어."

지수가 작은 소리로 중얼거렸다. 나는 유명 인사가 되었다. 다들 나를 '폭로자'라고 불렀다. 비웃든 말든 상관없었다. 계획은 대성공이었으니까.

그 영상을 본 사람들은 폭로 글과 영상을 찾아봤다. 글과 공유한 링크는 금방 삭제되었지만, 누군가 퍼다 나른 것이다. 최사라를 알던 사람들은 물론이고 몰랐던 사람들까지도 최사라의 실체를 알게 되었다.

- 누가 담담을 죽음의 다이어트로 이끌었는가

- 거식증을 조장하는 대중 매체와 문화

- 마름을 강조하는 사회, 이대로 괜찮은가

- 뼈말라 유튜버 논란, 퇴출 운동까지

해담이 이야기는 각종 헤드라인을 달고 기사화되었다. 사회적 문제로 주목받게 되자 기획사는 사과문을 발표하고 결국 최사라를 퇴출시켰다. 기획 중이던 아이돌 그룹 데뷔도 무기한 연기됐다. 말라소녀 채널은 다른 데 팔아넘겨져 생활용품 리뷰 채널이 되었다. 모든 게 마법처럼 빠르게 진행되었다. 어제까지 말라소녀를 칭송하던 말란이들은 대부분 구독을 취소했다. 그만큼 대중은 변덕스러웠지만, 한편으로 정의로웠다.

그리고 이 사건과 관련이 있는지는 모르지만, 신우가 전학을 가게 되었다.

"나, 이탈리아로 가. 나중에 디자인 전공하려고."

"정말? 멋있다."

애들이 전학 가는 신우를 부러워했다. 이탈리아로 전학이라니. 아무렇지도 않게 거짓말하는 신우를 아직 모두 믿고 있었다. 언젠가 신우의 거짓말이 탄로 난다면 다들 깜짝 놀랄 것이다.

"야, 근데 너 최사라 사촌이라며? 대박. 왜 말 안 했어?"

누군가 물었다. 소문을 낸 것은 나였다. 신우에게도 어떤 벌칙이 내려져야 한다고 생각했고, 겁을 주고 싶기도 했다. 전학 가는 학교에서는 거짓말을 하지 않길 바라서였다. 하지만 알았다. 내가 신우를 한참 얕잡아 본 거였다는 것을.

그 말을 듣자마자 신우가 놀라는 표정을 짓는 것이다.

"최사라가 누군데?"

이 한마디로 내가 애써 낸 소문은 가라앉아 버렸다. 아니라고 말했거나 조금 머뭇거렸다면 애들이 이만큼 쉽게 믿지 않았을 것이다. 역시 고수. 모든 걸 다 아는 내가 봐도 신우는 최사라가 누군지 전혀 모르는 얼굴이었다. 거짓말쟁이가 아니라 연기의 신 같았다.

점심시간, 신우는 그 화장실 앞에서 나를 기다리고 있었다. 이제 먹토를 하지 않지만, 나도 모르게 그쪽을 지날 때마다 한 번씩 돌아보게 되었다. 신우도 그걸 아는지 따로 나를 불러내는 대신 그냥 거기 서서 기다리고 있었다.

"어디로 전학 가?"

"이탈리아. 피렌체."

"아니. 진짜로. 진짜 어디로 가냐고."

"맞춰 봐."

신우는 내게 거짓말이 먹히지 않는다는 것을 깨닫고 씩 웃었다. 나한테 하듯 편하게 아이들을 대하면 굳이 거짓말을 하지 않아도 친구가 생길 텐데. 다른 학교에 가서는 진실하게 생활하기를 바랐지만, 아무래도 신우는 계속 거짓말을 할 것 같았다. 영원한 거짓말은 없다. 언젠가 탄로 나면 신우가 큰 상처를 입게 될 거였다.

"고마워."

어쨌든 신우에게 감사 인사를 전했다. 라이브 중에 내가 폭로를 하고, 동시에 최사라 인스타에 글과 영상 링크를 공유하자는 아이디어를 낸 건 신우였다. 그 방법이 아니었다면 이렇게 빠른 시간 안에 많은 사람들에게 사건의 전말을 알리고, 진실에 무게를 싣는 일은 불가능했을 것이다.

"고맙긴. 입 다물어 주는 조건으로 한 딜인데 뭐."

"결국 전학 가서 소용없게 됐잖아."

"아니야. 그리고 얻은 게 또 있거든."

"얻은 거?"

신우가 길고 깡마른 손가락을 쭉 뻗어 나를 가리켰다.

"친구. 친구 하나 생겼잖아. 나 사실 멀지 않은 곳으로 전학 가. 가끔 만나자. 단, 이 동네로 오면 피렌체로 가지 않은 걸 들키니까 네가 날 만나러 우리 동네로 와 줘."

아이러니한 일이었다. 신우는 친구를 사귀기 위해서 거짓말을 했는데, 유일하게 거짓말이 통하지 않은 상대만 진짜 친구가 되었다. 나는 신우가 백 퍼센트 마음에 드는 건 아니었지만 까짓 친구, 해 주기로 결심했다.

나는 몸무게가 늘었다. 엄마는 그게 살이 아니라 근육

무게라고 했다. 근육이 지방보다 무거워서 무게가 늘어난 거라고. 체성분을 재 보면 맞는 말인 것도 같다. 게으르고 운동 싫어하는 내가 무려 복싱을 시작했다.

살이 찌는 것은 여전히 싫었다. 하지만 굶기는 더 싫었다. 토하고 헛것을 보고 헛소리를 듣는 삶으로 돌아가고 싶지 않았다. 그래서 큰마음 먹고 운동을 하기로 했다.

"이렇게요?"

잽. 스트레이트, 훅, 어퍼컷.

복싱의 다양한 기술을 배웠다. 주먹을 날릴 때마다 스트레스가 풀렸다. 심리 상담 선생님도 내가 복싱 배우는 걸 반겼다. 분노에 차 있는 나에게 도움이 되는 운동이었다. 해담이가 생각날 때마다 괴로웠지만, 복싱을 하며 몸을 힘들게 하면 어느 정도 잊을 수 있었다.

밤 아홉 시까지 운동하고, 집에 와서 씻으니 몸이 노곤해졌다. 한동안 밤에 잠을 못 잤는데, 복싱을 하고 나서는 몸이 피곤해서인지 잘 잘 수 있게 되었다. 누워서 막 눈을 감으려는데, 휴대폰이 울렸다. 지윤이었다.

"해담이 깨어났대."

"정말?"

눈이 번쩍 떠졌다. 그런데 이상한 일이었다. 긴장이 풀려서일까, 아까보다 더 졸음이 밀려왔다. 하품을 참을 수 없었다.

"아함."

눈꺼풀이 감기는 동시에 손에 힘이 풀려 휴대폰이 바닥으로 떨어졌다.

달그락.

소리가 들렸다. 아주 오랜만이었지만, 꿈이라는 것을 나는 알고 있었다. 예전에 꾼 꿈처럼 이번에도 몸이 움직이지 않았다.

달그락.

소리가 가까워졌다.

달그락.

나는 주먹을 꽉 쥐었다. 너는 날 그곳으로 인도했던 원흉이다. 행운이라고 생각했지만, 내가 속은 거였다.

달그락.

아주 가까워졌다. 바로 옆이다. 나는 주먹을 더욱 꽉 쥐었다. 그리고 팔에 힘을 모았다. 움직이지 못한다고 생각했지만, 내 착각이었다. 왜냐하면 이건 내 꿈이고, 내가 주인이다. 꿈의 주체인 나는 내 마음대로 행동할 수 있다. 넌 또 다른 나였지만, 이제 나는 다른 선택을 하기로 했다.

벌떡 일어나 주먹을 날렸다. 달그락의 머리통을 정확히 겨냥해서.

와르르.

머리가 떨어진 해골이 한꺼번에 무너져 내렸다. 나는 뼈다귀 더미를 바라봤다. 그리고 꿈에서 깨어났다.

내 곁에는 뼈다귀 더미 대신 휴대폰만 덩그러니 놓여 있었다. 지윤이의 마지막 메시지가 남아 있었다.

지윤 갑자기 전화가 끊겼네? 해담이가 너 보고 싶대.

작가의 말

뼈다귀 달그락은 누구인가

달그락.
아, 미안. 놀랐지? 겁줄 생각은 아니었는데, 뼈끼리 부딪쳐서 자꾸 소리가 나네. 난 이미 죽어서 목소리를 잃었지만, 작가님 손을 빌려서 이렇게 내 이야기를 쓰게 되었어. 궁금할지 모르겠지만, 이왕 이렇게 좋은 기회가 생겼으니 내 이야기 좀 들어 줄래?

뼈만 남아서 여자인지 남자인지도 분간하기 어렵겠지만, 난 여자야. 어릴 때는 볼이 통통해서 귀엽다는 말도 참 많이 들었어. 또래에 비해 키도 컸지. 아, 그게 문제였어. 내게 모델을 해 보라는 사람이 많았거든. 나도 모르게 어느 순간 내 꿈은 모델이 되어 있었고, 열다섯 살에 나는 모델 학원을 등록했어.
그곳에는 나보다 키 크고 깡마른 애들이 많았어. 그때까지 한 번도 내가 뚱뚱하다 생각해 본 적 없었는데, 다른 애들에 비하면 나는 뚱보였지. 담당 선생님도 내게 살을 좀 빼는 게 좋겠다고 했을 정도니까.

그때부터 다이어트 전쟁이 시작됐어. 처음에는 무작정 굶기만 해도 단기간에 몇 kg 정도는 훅 빠졌지. 하지만 잠깐 방심하면 도로 살이 쪘어. 뺀 만큼만 찌는 게 아니라 이자라도 붙는 것처럼 몇 kg이 더 늘어나지 뭐야. 게다가 굶는 일은 쭉 할 수 있는 방법이 아니잖아. 그래서 나는 먹고 토하는 방법으로 다이어트를 하기 시작했어. 먹긴 먹는데, 토하니까 몸에 칼로리가 쌓이지 않는 거야. 참지 않고 먹고 싶은 건 다 먹을 수 있었지.

그런데 어느 순간 음식을 먹을 수 없게 되어 버렸어. 입 안에 뭘 넣기만 하면 구역질이 났지. 그건 먹고 일부러 토하는 거랑은 달랐어. 일단 못 먹으니, 살이 빠지긴 했어. 그토록 빼고 싶었건만, 걷잡을 수 없이 빠지자 겁이 덜컥 났어. 조금씩 몸에 뼈가 드러날 때까지만 해도 좋았는데, 금세 뼈만 남아 버렸지. 피부는 탄성이라는 게 사라져 버렸어. 육포처럼 뼈에 눌어붙었지. 마치 미라처럼.
손톱은 죄다 부러지거나 빠져 버렸어. 머리카락도 힘없이 떨어져 나갔지. 몸에 근육이 다 빠지니까 걷기는 물론이고, 머리가 너무 무겁게 느껴져서 고개를 들고 앉아 있는 것조차 힘들었어. 수액을 수시로 맞았지만, 그마저도 별소용 없게 되자 부모님은 결국 나를 강제 입원시켰어. 하지만 이미 내 몸의 장기들은 죄다 망가진 상태라 어느 것 하나 제 기능을 하지 못했지. 나는 다이어트를 하고 있던 게 아니라 나를 조금씩 죽여 가고 있던 거야.

기운 없이 누워 있던 어느 날, 나는 여러 순간을 후회했어. 처음 먹토를 한 날, 다이어트를 결심한 날, 모델 학원을 등록한 날. 모델 지망생 모두가 나처럼 하는 것도 아닌데, 난 왜 그랬을까. 그러나 이미 늦었어. 나는 그대로 떠날 수밖에 없었지. 멋진 모델이 되어 있을 20대를 꿈꿨는데, 나는 20대가 되어 보지도 못했어.

억울했어. 내가 살아 내지 못한 삶이 너무 아까웠지. 그래서 완전히 떠나지 못하고 떠돌아다니다가 예솜이를 보게 된 거야. 꼭 나 같았어. 그래서 예솜이에게 내 이야기를 들려주고 싶었는데, 말을 할 수 없으니 오해가 생겨 버렸네.

그래도 이렇게라도 이야기할 수 있어서 다행이야. 내가 살아가지 못한 삶을 너희는 후회 없이 살아 주면 좋겠어. 어떻게 생겼든, 어떤 몸을 가졌든, 남들이 뭐라든 적어도 너만은 너 자신을 예쁘게 생각해 주어야 해.

작가에 빙의한 달그락

39kg

초판 1쇄 발행 2024년 2월 23일
글 선자은 **일러스트** 김나연
편집장 이향 **편집** 김샛별 안유진 조웅연 **디자인** 정상철 배한재 **홍보마케팅** 한승일 이서윤 강하영
펴낸이 김병오 **펴낸곳** (주)킨더랜드 등록 제406-2015-000037호
주소 경기도 파주시 회동길 512 B동 3F **전화** 031-919-2734 **팩스** 031-919-2735
ISBN 979-11-7082-047-5 43810